POTENTIAL

포텐

POTENTIAL 포텐 12

김민수 장편소설

초판 1쇄 찍은 날 | 2017년 10월 24일
초판 1쇄 펴낸 날 | 2017년 10월 31일

지은이 | 김민수
펴낸이 | 예경원

기획 | 위시북스
편집책임 | 이규재
편집 | 이즈플러스

펴낸곳 | 예원북스
등록번호 | 제396-2012-000132호
등록일자 | 2012. 7. 25
KFN | 제1-162호

주소 | 경기도 고양시 일산동구 호수로 646-24 위너스21 II 빌딩 206A호 (우)10401
전화 | 031-819-9431 팩스 | 031-817-9432
E-mail | yewonbooks@naver.com

ⓒ김민수, 2016

ISBN 979-11-6098-580-1 04810
      979-11-5845-360-2 (set)

POTENTIAL

포텐

12

김민수 장편소설

WISHBOOKS MODERN FANTASY STORY

Wish Books

CONTENTS

POTENTIAL

포텐

75.
애장거탑, 데스노트와 형사반장(1)

이른 아침, 숙소 근처의 헬스장에서 강도 높은 운동을 끝마치고 걸어 나온 민호는 깍지 낀 팔을 앞으로 쭉 뻗으며 신음을 흘렸다.

'며칠만이라 그런지 근육이 비명을 지르는구나.'

그래도 몸이 한층 건강해진 기분이 들어 만족스러웠다. 계속 힘을 길러 육체적인 부담이 덜해질수록 애장품 활용의 범위는 늘어나기 마련이니까.

"후아~ 공기도 상쾌해."

간밤의 서리 때문에 도로 곳곳에 살얼음이 끼어 있었으나 바람도 포근하고, 해가 뜨면 전부 녹을 분위기였다. 민호는 숙소로 향하는 길을 따라 아침 운동을 마무리할 겸 조깅을 시작했다.

10분 후.

건널목 앞에 도착한 민호는 가빠진 숨을 몰아쉬며 휴대폰을 꺼냈다. 7시 5분. 일정에는 아직 여유가 있었다. 신호를 기다리는 동안 운동하느라 보지 못했던 문자를 하나씩 열어 보았다.

[06:30, 일어나셨습니까?]

[06:31, 8시쯤 픽업 가겠습니다.]

[06:45, 임소희 사장님께서 스타피스에 새로 들어올 가수에 대해 듣고 많이 놀라셨습니다. 이 정도의 거물급 계약은 KG에서도 흔치 않은 경우라 계약서 준비 시간이 좀 걸릴 것 같다고.]

'하여튼 빠르다니까.'

공 매니저는 언제나처럼 업무와 관련된 문자로 아침의 시작을 알렸다. 작곡가 안성길의 경험을 빌어 박중호를 돕는 일. 이건 사실 유품도 얻고, 돈도 벌 수 있는 최고의 기회기도 했다.

[알겠어요, 공 매니저님.]

답문을 보낸 민호는 공 매니저의 문자 틈에서 서은하에게서 온 문자도 있음을 확인하고 빙긋 웃었다.

[06:44, 드디어 촬영 종료랍니다. ^o^v~ 이제 집에 가서

기절하려고요. 저녁까지 연락 못 받더라도 고의가 아닌 걸 꼭 알아주세요.]

드라마 방송 당일이 되어서야 촬영이 겨우 끝난 그녀는 지금 무척 피곤하리라. 취화정이라도 내어줄 수 있다면 좋으련만. 하필 오늘 스케줄이 '메디컬 24시'라 내일 아침까지 병원에서 꼼짝도 못 한다는 것도 안타까울 뿐이었다.

[푹 쉬어요, 은하 씨.]

신호가 바뀌어 횡단보도를 건너려는데 서은하로부터 답문이 왔다.

[아빠한테는 금요일 휴가가 드라마 식구들 다 같이 가는 여행이라고 말해 뒀어요. 혹시 몰라서……] 하고 양 뺨 가득 수줍음을 담은 인형 이모티콘이 화면에 떠올랐다.

'크으으!'

그녀와 둘만의 여행이라. 상상만 해도 흐뭇한 미소가 입에 걸리는 민호였다.

달칵.

숙소의 문을 열고 들어선 민호는 땀에 흠뻑 젖어 있음에도 욕실이 아니라 거실부터 찾았다. 그리고 진열장 안에서 붉은 기운으로 뒤덮인 채로 위엄을 뽐내고 있는 유물 앞에 섰다.

"문안드립니다."

공손히 인사한 민호가 대장군의 검에 손을 뻗었다.

두구두구두구─!

─돌격!

손끝이 닿자마자 천지를 뒤흔드는 군마의 굉음이 민호의 귓전을 때렸다. 그리고 전쟁의 환영이 시작됐다.

민호는 말 위에 올라탄 검의 주인과 마주했다. 무뚝뚝하게 자신을 바라보는 대장군의 눈길에 가슴이 잔뜩 위축되는 것을 느꼈으나, 그럼에도 꿋꿋하게 시선을 유지한 채로 말했다.

『요즘 몸을 열심히 만들고 있습니다. 움직임도 꽤 빨라졌고. 이 잔근육 가득한 팔뚝 보이시죠? 나름 명품 몸매가 되어 가고 있습니다. 하하.』

자연스레 나오는 중국어와 함께 얍얍, 하고 팔을 뻗어대는 민호. 대장군은 그런 민호의 위아래를 훑어보더니 혀를 끌끌 차고 손가락을 뻗어 다리를 가리켰다. 그 수준으로는 백 리도 못 달리고 발병이 날 것이라는 무심한 지적 이후, 검에서 찌릿한 기운이 뻗어 나왔다.

『앗 따거. 말로 하세요!』

따끔한 아픔에 손을 휘젓는 사이 대장군이 무심히 입을 열었다.

『그대는 아직 부족하다.』

『어디가 어떻게 모자란지 말씀만 해주신다면 열심히 고쳐보겠습니다.』

대장군이 그의 부하들 앞으로 말을 몰아 움직이며 소리쳤다.

『보라! 저들을 상대할 각오가 되어 있는가?』

민호의 시야에 한눈에 헤아리기조차 힘든 숫자의 적병들이 진격해 오는 모습이 들어왔다. 그들은 저마다 날이 선 창을 들고 악귀 같은 눈빛이 되어 달려들었다. 그저 구경하는 것만으로 살이 떨려올 만큼 무시무시한 분위기.

다가온 창 하나가 민호의 눈썹 사이를 찌르고 들어왔다.

"헛!"

신음을 삼키며 움찔 눈을 감았다. 환영이었기에 피해는 없었으나 심장은 덜컥 내려앉았다.

'간 떨어지겠네.'

적병 쪽에서 시선을 거둔 민호는 대장군의 얼굴을 올려다보다 무언가를 깨닫고 신음했다. 감당할 수 없는 적병 틈에 둘러싸인 그에겐 자신처럼 두려움의 기미가 전혀 보이지 않았다.

대장군은 자신에게 있는 그대로 '각오가 부족하다'는 말을 하고 있었다.

실감 났던 환영이 사라지고, 민호는 검에서 손을 뗐다.

"으으, 오늘도 지적만 잔뜩 받았어."

특히 마지막에 던진 화두는 심각했다.

각오.

생사를 가르는 위기와 아픔을 이겨내 본 적 없는 자를 인정할 수 없다는 말. 민호는 붉은 기운이 스며있는 검을 향해 넋두리처럼 얘기했다.

"이 세상은 장군님 사셨을 때처럼 난세가 아니라고요. 군대에 가도 삽질 잘하라는 각오밖에 다질 게 없어요."

정신적인 측면은 그렇다 치고, 민호는 대장군이 가리켰던 자신의 다리에 시선을 던졌다.

"백 리면 사십 킬로잖아? 그걸 전력 질주로 뛰고 어떻게 멀쩡해."

지난번에 마카오에서 얻은 유물을 길들이려는 시도는 아직도 진행형. 민호는 씁쓸히 고개를 흔들고 물러섰다.

'오늘은 그래도 코웃음은 안 치셨어.'

이것으로라도 위안 삼아야지.

그 옛날, 천하에 이름을 떨쳤던 강렬한 존재와 실시간으로 소통할 수 있다는 것은 현장감 만점의 4D 영화를 관람하는 듯한 쏠쏠한 재미와 더불어 훈련까지 강제하게 했다.

다만, 뭔가 발전된 것 없이 접촉을 시도 할 때가 문제다.

대장군은 여지없이 목을 베는 환영을 내보였다. 일말의

자비도 없이. 처음에는 그 후유증에 악몽까지 꾸었으나, 이제는 엄한 스승님을 대하는 것처럼 어느 정도 익숙해지고 있었다.

유물의 주인이 가진 독특한 사고방식에 휘둘리지 않기 위해 안간힘을 써야 하는 점. 압박을 피해 단지 정신줄을 챙기기만 하려는 노력조차도 민호에겐 새로운 도전이었다.

'결과를 확인해 볼까?'

민호는 회중시계를 들어 사용할 수 있는 시간을 체크해 보았다. 약 6분 30초. 대장군을 만나 강렬한 체험을 겪고 나면, 회중시계의 지속 시간이 체감될 정도로 늘어난다.

만족한 표정을 지은 민호는 그제야 욕실을 문을 열고 들어가 샤워를 시작했다.

다양한 애장품을 경험해 볼 가능성이 넘쳐나는 유명 연예인이라는 위치. 그것을 위한 훈련. 둘 사이의 균형은 요즘이 딱 좋았다.

별문제만 벌어지지 않는다면 이 생활 패턴을 지키면서 계속 성장할 수 있으리라.

−빙판길 조심하셔야겠습니다. 오늘 아침 8시경 강동구 풍

납동에서 버스가 전복하는 사고가 발생했습니다. 소방당국에 따르면 사고는 교차로에서 직진하던 승용차가 미끄러지며 버스와 충돌해…….

앞의 차량들이 도무지 움직일 생각을 안 해 무슨 일인가 하고 도로를 주시하던 공 매니저는 라디오에서 들려오는 사고 소식이 바로 이 근처에서 벌어진 것임을 확인하고 고개를 돌렸다.

"민호 씨, 교통사고 때문에 꽉 막혀서 당분간 움직일 수가 없겠는데요?"

"그래요? 거리 얼마 안 남았으니 그냥 걸어갈게요."

AN 병원의 인턴 복장에 '체험'이라는 완장을 걸친 민호는 밴의 문고리를 붙잡았다.

"나중에 봬요, 공 매니저님."

"고생하십시오. 아, 민호 씨!"

민호가 문을 열기 직전 공 매니저의 급한 음성이 날아들었다.

"내일 임소희 사장님께서 뵙자고 하셨습니다. 피곤하시겠지만 '메디컬 24시' 끝나고 잠깐만 미팅하자고. 향후 민호 씨 활동에 대해서 아주 긴밀하게 의논할 부분이 있으시답니다."

"그러죠, 뭐."

왠지 부를 것 같다는 예감이 들긴 했기에 민호는 속으로 픽 웃었다.

"그럼, 내일은 바로 KG 사옥에 갔다가 거기서 좀 쉬고 스케줄 가는 거로 해요."

"알겠습니다. 김 코디에게 숙소에 들러 옷 챙겨 놓으라고 해놓겠습니다."

민호는 손을 흔든 뒤에 백팩을 등에 메고 밖으로 나왔다. 시계를 보니 8시 30분. 천천히 걸어도 9시까지는 충분히 도착할 수 있기에 여유 있게 발걸음을 옮겼다.

'오늘 최임혁 교수님 해부학교재를 돌려드리는 날이구나.'

AN 병원 안에 있는 애장공간을 길들이기 위해 무려 한 달 동안이나 꾸준히 소유해 온 애장품. 무척 유용하게 써먹었다. 덕분에 비행기에서는 주황색의 애장공간을 길들여 보게 됐고, 해부학교재 덕분에 의학지식도 상당히 쌓였다.

'오늘은 해볼 만해.'

길 곳곳이 얼어 있기에 조심조심 AN 병원을 향해 전진하던 중, 막 코너를 돈 민호의 시선을 붙잡는 지점이 있었다.

'어후야, 사고 크게 났었구나.'

사거리 한복판. 옆으로 쓰러진 시내버스와 찌그러진 승용차 말고도 연속 충돌한 차량이 더 있었다. 소방차와 응급차까지 잔뜩 몰려 있었기에 교통경찰의 통제에도 불구하고 모든 차선이 굼벵이처럼 움직이는 중이었다.

─서울시민 여러분, 잠시만 협조해 주십시오. 구조가 모두 끝나면 통제가 풀릴 테니 지금은 유턴해서 반대쪽 도로를 이용해 주시기 바랍니다.

확성기를 통한 경찰의 방송이 계속되는 가운데 민호는 사고 지점 옆을 지나게 됐다.

"여기 팔이 끼여서 못 나오고 있어! 절단기 가져와!"

"조금만 참으세요, 지금 꺼내드리겠습니다."

소방관과 구급대원들이 뒤엉켜 버스 안에서 한창 사람들을 구조해 밖으로 꺼내는 모습에, 민호는 백팩에서 최임혁의 애장품을 꺼내 손에 쥐고 한차례 쭉 훑어봤다.

'목숨이 위험한 중상자들은 이미 후송된 듯하고. 남아 있는 건 경상자들이란 말이지?'

사고 규모는 컸지만, 차분히 구조 활동에 전념하는 이들 덕분에 수습되어 가는 분위기. 물론 많은 환자가 실려 갔을 병원 안은 지금 아수라장이 되어 있을 것이다.

민호는 응급실에서 고생할 의사들을 위해 조용히 응원을 보냈다. 그렇게 사고 지점을 벗어나려는데 민호의 발걸음을 멈추게 하는 사람이 있었다.

"여기요! 여기 좀 도와주세요!"

전복된 승용차 옆에 주저앉아 애타게 구조대를 부르는 중년 남성. 본인의 머리가 피투성이가 된 채로 소리치는 그 모습을 보고 최임혁의 응급지식으로 진단을 해보았다.

구사하는 발음은 명확, 시선도 또렷한 것에 뇌진탕의 가능성은 없어 보였다. 이마 쪽에 생긴 표피 손상도 응고되어 가는 상황이고. 구조대원도 그걸 알았는지 비교적 상처가 위중해 보이는 인원부터 응급처치하고 있었다.

민호는 '괜찮으실 겁니다, 아저씨' 하고 속으로만 생각하며 AN 병원으로 가는 길에 접어들었다. 그러다 그 중년 남성과 눈이 딱 마주쳤다.

"의사 선생님!"

상대가 마치 사막을 헤매다 오아시스를 발견한 듯한 표정이 되어 소리쳤기에 민호는 멈칫했다. 그리고 주위를 둘러보았다. 구경하는 몇몇 사람들 외에는 자신밖에 없다.

"저요?"

"네, 선생님. 저 좀 도와주세요."

민호는 그제야 자신의 복장이 이 근처에 자리한 AN 병원의 인턴들이 입는 것 그대로임을 깨닫고 황급히 변명하려 했다. 그러나 그 직전, 구급대원 중 하나가 손을 들어 올리며 급히 민호를 불렀다.

"닥터! 이 외상환자 호흡이 불안정해요!"

시선을 돌리니 목에 임시 깁스를 한 채 누워 있는 여성 환자가 보였다. 환자를 보살피고 있는 구급대원은 안색이 변해

도움을 요청했으나 동료 구급대원 모두 정신이 없어 보였다.

"의식도 없습니다!"

이 외침에 최임혁의 응급 본능이 자꾸만 민호를 자극해 왔다. 팔뚝에 달아놓은 체험 완장을 흘끔 본 민호는 생각했다.

'구급대원 체험이라 치고, 잠깐만 도와줄까? 제1수술실을 만지는 데 효과가 있을지도 모르고.'

AN 병원의 제1수술실을 길들이는 열쇠는 그 직업에 도움이 되는 행동에 숙달되는 것이다. 비행기에서도 승무원들을 돕다 '갤리'라는 공간을 길들일 수 있었듯이 말이다.

"호, 호흡이 멎었습니다!"

이 음성에 민호는 다른 것을 떠나 무엇보다 사람 목숨이 걸린 일임을 깨닫고 결심을 굳혔다.

일단 마음을 정하자 민호의 움직임은 번개 같았다. 한달음에 환자 옆으로 달려가 외상부터 파악했다.

"후두골 충격인가요? 뇌출혈의 가능성이 있습니다. 혈압과 맥박부터 정확히……."

민호는 구급대원에게 시키는 것으로는 시간이 부족하다 생각되어 점자시계를 터치하고 환자의 맥에 손끝을 댔다.

"대원님은 기도 확보부터 해 주세요."

응급도구함에서 후두마스크를 꺼낸 구급대원이 기도삽관을 시도하는 동안, 민호는 증가한 감각으로 환자의 상태를 쭉 체크했다.

여성. 머리의 충격으로 목 부상, 어깨에 열상, 몸 곳곳에 타박상, 찢어진 좌측 복부 쪽에 혈종.

"혈압은 70, 45. 맥박은 100이네요. 펜 라이트 좀 빌릴 수 있을까요?"

민호는 구조대원에게서 받은 펜 라이트로 환자의 눈동자를 관찰했다. 구조대원은 호흡기를 달아 손으로 누르며 민호에게 물었다.

"이분 상태가 어떤가요?"

"망막에 유두부종이 있네요. 두개내압이 증가했어요."

뇌부종의 소견. 구조대원이 무슨 소린지 모르는 눈치기에 민호는 풀어서 말했다.

"뇌가 살짝 부어서 눈에 압력이 일시적으로 증가해 있습니다. 일단 체내 이산화탄소를 줄이게 과호흡부터 시키고, 목상태는 괜찮아 보이니 머리만 30도 높게 유지해 주세요."

이 이상은 전문적인 CT 검진 결과와 치료가 필요했다. 구급대원이 고개를 끄덕이는 사이 민호는 최임혁의 지식으로 마지막 당부를 전했다.

"이분이 여기서 가장 상태가 안 좋은 것 같으니 다음 구급차에는 이분부터 보내세요. 앰부 배깅 쉬지 마시고요."

"알겠습니다."

멈췄던 환자의 호흡이 어느 정도 유지되는 것을 확인한 민호는 한숨을 돌린 채 일어섰다.

"선생님, 머리가 너무 아픕니다."

그 와중에 이마가 찢어진 중년 남성이 다가와 민호의 팔을 붙잡았다.

"저는……."

정신이 없어서인지, TV를 잘 보지 않아서인지 자신이 누구인지도 모르는 상대. 아픔을 참고 있는 그 간절한 모습에 민호는 한숨을 내쉬며 '기왕 도와준 거 한 사람 더 어때?'라는 생각이 들었다.

"이거 조금만 써도 될까요?"

민호는 구조대원에게 응급도구함을 가리켜 보였다. "쓰세요"라는 허락을 받자마자 양손에 라텍스 장갑을 착용하고, 혹시 몰라 마스크까지 챙겨 쓴 민호가 중년 남성에게 말했다.

"잠깐만 눈 감으세요."

"이쪽이 너무 아파요, 선생님……."

이렇게 중얼거리는 상대의 이마를 식염수로 닦아낸 후, 2㎝가량의 틈을 발견, 바늘에 재빨리 실을 묶어 집게를 이용해 꿰매주기까지 채 1분이 걸리지 않았다.

중년 남성은 이마가 따끔하더니 불을 지진 것처럼 아려오던 느낌이 사라진 것을 깨닫고 민호에게 고마움을 전했다.

"감사합니다, 선생님."

"거즈만 대놓을게요. 나중에 응급실 가면 빨간약 좀 발라 달라고 하세요."

민호는 이제 발을 빼려고 등을 돌렸다.

"의사 양반, 나 팔이 너무 아픈데."

"선생님, 전 등 쪽이 찢어졌습니다."

버스에서 구조되어 한쪽에 앉아 있던 환자들이 민호에게 다가오기 시작했다.

'이런.'

긴급 의료행위에 대한 민호 나름의 변명은 경상인 저들에게는 통하지 않는 말이다. 그러나 '제1수술실' 벽면에 어려 있는 감미로운 주황 빛깔의 유혹 앞에서 불법 의료행위는 '내가 아닌 남을 위한 의로운 짓'으로 자연스레 포장됐다.

'들키지만 않으면 되니까.'

민호는 인턴 복장에 붙은 이름표를 슬쩍 밀어 넣었다. 체험 완장은 소매 아래로 끌어내려 주머니에 쏙 넣어 두고, 얼굴을 가리고 있는 마스크를 재차 점검했다. 최임혁에게 문자를 보내 만약의 사태를 대비한 백업도 부탁했다.

"고통이 심하신 분만 오세요. 움직일 수 있는 분은 여기서 대기하지 마시고 한 블럭 너머에 있는 AN 병원 응급실로 가

주시고요. 차량통제 때문에 구급차 이동이 쉽지 않아요."

카메라만 있다면 딱 리얼다큐 '레스큐 24시'로 불렸을 한때가 시작됐다.

AN 병원 서관 출입구.

―알았지, 오빠? 강민호 씨랑 싸우지 말고 방송 잘해.

정승기는 녹화 시작 전 걸려온 동생의 전화에 뒷골이 살짝 당겨왔다.

"승미 너는 대체 누구 편이야?"

―나야 당연히…… 잘난 사람 편이쥐~

"그게 나는 아니란 거고?"

―딩동댕! 오빠는 그냥 훈남. 민호 씨는 베리 스마트~

"말 정말 예쁘게 한다, 너."

―글치, 예쁘지?

"그 예쁜 게 아니고."

―지난번에 마카오도 재밌게 다녀왔잖아. 앞으로 계속 볼 사이면서 친하게 지내. 그래서 나도 다리 좀 놔주고. 혹시 알아? 매제가 생길지.

"뭘 계속 봐! 아침부터 쓸데없는 소리 말고 끊어."

요즘 정승기의 삶을 스트레스 반, 승리욕 반으로 물들게 만든 존재 강민호. 녀석은 아직 모습을 드러내지 않고 있었다.

'내가 열등감을 느끼게 될 줄이야.'

남부러울 것 없이 지내온 29년이었다. 공부면 공부, 운동이면 운동. 자신의 사전에 불가능이란 없다고 자부하며 매사에 자신감 있게 지내왔다.

AT엔터에서 완벽남 이미지의 연예인이 돼보는 건 어떻겠냐고 제안이 왔을 때 나름의 자부심을 갖고 당당히 수락했었다. 삼원병원 측과 몰래 의논할 수 있는 꼼수를 마련했을 때는 그렇게까지 해야 하나 비웃기까지 했다.

그러나 그 결과는, 치과의사 면허가 종이쪼가리처럼 느껴질 정도의 처참한 패배였다.

마카오에선 또 어땠는가? 파병 경험을 살려 서바이벌 분야에서 활약해 보려다 체력 빼곤 강민호에게 비벼볼 만한 게 없다는 것만 증명됐고, 녀석의 말도 안 되는 인맥에 질투까지 느껴야 했다. 레아 테일러가 친구라니 말이 돼?

그렇게 정승기가 심리적인 울분을 억누르고 있던 때, '메디컬 24시'의 출연자 중 한 명인 SBC 간판 아나운서 정상욱이 옆으로 다가왔다.

"승기 씨, 소식 들었어요? 지금 병원 근처에서 큰 사고가 나서 응급실 난리 났데. 9시 넘었는데 출연자가 우리 둘밖에 안 온 것도 그 일대가 마비되어서 그렇다네."

"그래요?"

정승기는 도로 쪽으로 시선을 돌렸다. 그러고 보니 사거리로 가는 방향 쪽 차들이 한참 전부터 느릿하게 움직이긴 했다.

"정승기 씨, 정상욱 씨."

담당 PD 김상만이 두 사람을 불렀다.

"지금 응급실 쪽이 너무 바빠서 손이 부족하다니까 야간 응급실 체험 대신에 주간조로 투입하겠습니다. 일단 응급실로 이동해 주세요."

"다른 사람들은요?"

이 물음에 김 PD는 오는 중이라는 연락만 받았다고 대답했다.

"강민호 씨도 도로에 갇혀 있는 건가요?"

"그런가 봐요. 다들 언제 올지 모르겠습니다."

정승기는 어쩌면 강민호를 제치고 주목을 받을 수 있는 순간일지도 모르겠다는 생각이 들었다. 치과 전공이긴 하지만, 꿰매는 외상 치료는 기본적으로 해낼 수 있는데다가 큰 사고까지 난 상황이니까.

응급실 입구로 들어서자마자 부상자들이 가득한 복도가 보였다. 김 PD가 달랑 둘뿐인 출연자들에게 말했다.

"안이 무척 붐비니 VJ만 이동하면서 촬영하겠습니다. 지난번 담당했던 의사 분들 따라가시면 됩니다."

정승기는 응급의학과 레지던트 3년 차 홍상욱 선생을 찾아 움직였다. 2번 진료실에 있는 닥터 홍을 발견하고 곧바로 다가갔다. 환자의 옆구리를 꿰매고 있던 서른 중반의 사내가 정승기를 보고 말했다.

"어? 승기 씨. 또 보네."

"사고가 났다고 들었습니다."

"맞아. 버스 5중 추돌."

"제가 뭐 도울 일 있을까요?"

"승기 씨 의사 면허 있다고 했지? 그럼 인턴이 하는 일 해야지."

닥터 홍이 응급치료카트를 눈짓했다.

정승기는 그렇게 30여 분 동안 꿰맨 자리에 소독약을 바르고 밴드를 붙이는 간호사가 할 법한 간단한 작업만 도왔다.

삐뽀—

정승기는 응급실 앞으로 막 구급차가 도착한 것을 보고 고개를 돌렸다.

"사이렌까지 키고 급히 왔네. 중상자인가?"

닥터 홍이 환자를 받기 위해 달려나갔다. 정승기도 뒤따라 달려가며 내심 드라마틱한 상황을 가진 환자가 왔으면 하고 바랐다.

덜커덩.

구급차의 문이 열리고 목에 깁스한 여성이 등장했다.

"혈압 68, 43. 맥박 90에 머리에 충격을 받았습니다. 아까 현장에 계신 의사 분께서 뇌부종이 의심된다고……."

"우리가 받을게. 저기 한 대 더 오네."

정상욱 아나운서와 함께하는 레지던트가 닥터 홍에게 이렇게 말한 뒤 환자를 받아 움직였다.

'뇌부종이면 CT찍고, 잘하면 신경외과 수술까지 할 거 아니야? 하, 부럽다.'

뒤이어 나타난 구급차의 문이 열렸다.

'이쪽도 만만치 않네.'

응급침대 위에 누워 있는 남성은 한눈에 봐도 상태가 심각했다. 피 칠갑을 한 왼쪽 허벅지는 관통상으로 보였고, 복부가 팽만한 것이 복강내출혈까지 의심됐다. 입술은 파래질 대로 파래진 것이 이대로라면 저혈량 쇼크도 올 상황.

"도착했나요?"

환자의 옆에 무릎을 바짝 대고 앉아 있던 피투성이의 마스크 남자가 밖의 의사들 쪽으로 고개를 돌렸다. 그리고 안도한 눈길이 되더니 말했다.

"승용차가 겹쳐진 틈에 눌려 있던 환자입니다. 의식은 없고, 지금 제가 손으로 절단된 동맥을 누르고 있어서 출혈을 억제 중이라 움직일 수가 없습니다."

마스크 남자는 환자의 허벅지에 양손을 댄 채로 딱 붙어 있었다. 닥터 홍이 환자의 상태를 보고 놀라서 침대를 끌어 내렸다.

정승기도 옆에서 보조해 환자와 마스크 남자를 응급실 쪽으로 밀기 시작했다. 그리고 침대 위의 환자와 마스크 남자를 바라보았다.

저건 간단한 듯 보이지만 쉽지 않은 응급처치들이었다. 환자가 이런 상처로도 숨이 붙어서 실려 올 수 있었던 것은 근처에 저 의사가 있었기 때문일 것이다.

'이 환자 운이 좋았어.'

달려가는 도중, 닥터 홍이 마스크 남자에게 물었다.

"현장에 중상자가 남아 있었다고?"

"사각지대에 있어서 발견이 좀 늦었습니다."

마스크 남자가 AN 병원의 인턴 복장을 하고 있었기에 닥터 홍은 '인턴이 왜 사고현장에?'라는 의문 섞인 눈빛을 보냈다. 그러나 마스크 남자는 환자에게 집중하느라 신경조차 쓰지 않았다.

"수액라인은 확보했고, 현재 100㎖ 정도 주입했습니다. 혈압은 70, 50. 맥박은 120. 121. 122…… 급격히 뛰는 중입니다. 골든타임이 얼마 남지 않았어요."

빠른 진단을 위해 계속해서 증상과 응급처치에 관한 것만 얘기할 뿐. 정승기는 그런 상대의 목소리가 어디서 들어본 것 같다고 생각하다 닥터 홍에게 점수부터 따야 한다는 생각에 얼른 의견을 피력했다.

"상태가 이래서야 초음파 할 시간도 없겠어요. 복부 출혈은 일단 개복해 봐야 알 수 있을 테고, 부정맥과 혈류 부족으로 인한 심정지부터 대비를……."

"비장 손상입니다."

마스크 남자가 단언했다. 정승기는 속으로 코웃음을 쳤다.

"그걸 어떻게 알아요?"

"그거야 손끝의 느낌이…… 아, 환자가 무의식중에 비장 쪽을 문질렀습니다."

이것만 갖고는 부족하다. 그러나 닥터 홍은 자신보다 마스크 남자 쪽을 신뢰한다는 듯 되물었다.

"확실한 거야?"

"복강 내 평균 장기 손상 빈도를 봐도 비장이 55%로 가장 많습니다."

"감도 그렇고 확률도 그렇다? 어차피 내부 출혈 빠르게 못 잡으면 죽을 테니."

닥터 홍은 중증외상 환자를 위한 응급수술실로 이동하자마자 눈에 띄는 인턴에게 소리쳤다.

"O형 혈액 최대한 수배하고, 나치수 조교수님 콜해! 복강 출혈에 동맥절단 환자 긴급수술 필요하다고!"

정승기는 저 환자의 생명을 살리기 위해 남은 건 실력 좋은 외과의의 수술밖에 없다는 것을 확인하고 약간의 기대감이 어린 눈으로 닥터 홍을 바라보았다.

생사를 판가름하는 수술을 참관할 수 있다는 건, 그 자체만으로도 영광이자 강민호는 절대 할 수 없는 일이었다.

"승기 씨는 이제 밖으로 좀 나가 주겠어? 저 카메라도 치우고."

"카메라는 필요 없어도, 저는 의사 면허가…….."

"치의과잖아. 여긴 응급의학과라고. 그리고 인턴이 낄 자리가 아니야."

정승기의 시선이 침대 위에서 환자를 지혈 중인 마스크 남자를 향했다. 환자를 바라보고 있는 상대의 초롱초롱한 눈빛이 익숙하게 느껴졌다. 분명 언젠가 본 적이 있다. '누구지?'라고 깊게 고민하던 그때 딱 떠오르는 이름.

'강민호?'

마스크 남자가 정승기와 눈이 마주쳤다.

"쉿."

등줄기를 타고 흘러내리는 차가운 전율에 정승기는 몸이 그대로 얼어붙어 버렸다.

한쪽에서 수술방을 세팅 중이던 닥터 홍이 고개를 돌렸다.

"승기 씨, 어서 나가줘. 나 조교수님 엄청 깐깐해서 인턴만 보면 경기 일으키신다고."

"어어……."

어버버, 하고 말문이 막혀 버린 정승기는 닥터 홍에게 떠밀려 수술방 밖으로 밀려났다.

연속 추돌 사고로 경상자와 중환자 수십이 한꺼번에 쏟아져 들어온 AN 병원의 응급실 안은 1시간 전부터 전쟁터와 다름없었다.

치익.

─최임혁 교수님, 지금 경상자 2명 더 올라갑니다.

그 한가운데서 의료진을 진두지휘 중인 최임혁은 원활한 구조작업을 위해 소방서에서 건네준 무전기를 손에 들고 물었다.

"아직 남아 있는 부상자가 있습니까?"

─현재 버스 안에서 마지막 부상자를 구출해 응급처치 중입니다. 곧 차량 흐름을 위해 도로 정리 작업을 진행할 예정입니다.

"오케이. 고생하십시오."

최임혁은 응급실 전체를 쭉 둘러보았다.

경중 환자를 위한 응급진료실은 일찌감치 만원, 중증 진료구역 또한 발 디딜 틈 없는 건 매한가지였다. 빈 구역마다 임시로 만든 진료실조차 부족해져 몇몇 경상자는 복도 바닥에 그냥 주저앉아 있었다.

병원 이사장과 원장은 '메디컬 24시' 촬영 팀이 와 있는 데다 사고가 일찌감치 매스컴을 탄 까닭에 지원을 아끼지 않았다.

응급의학과의 의사들뿐만 아니라 수술 스케줄이 잡혀 있지 않은 외과 전문의들까지 내려와 환자를 살리기에 열중하고 있는 상황. 모르긴 몰라도, AN 병원의 거의 모든 수술 화력을 동원하고 있다고 봐야 했다.

[중상 : 13, 경상 : 31]

최임혁은 매스컴을 위해 임시로 만든 상황판에 기록을 끝낸 후, 아직 사망자가 없는 것에 어느 정도 안도했다.

중증 응급환자들의 생존 및 예후가 결정되는 1시간 동안의 조치는 무사히 끝났다. 이젠 AN 병원 의료진의 실력으로 환자들이 잘 회복할 수 있게 마무리하는 것만 남았다.

'그나저나 민호 군은 잘하고 있는지 모르겠네.'

최임혁은 정신없던 와중에 받았던 문자를 떠올리며 무전기를 들었다.

치익.

"김재욱 대장님, 혹시 사고현장에 AN 병원에서 파견한 의사가 아직 있습니까?"

—아, 그분이요? 한 10분 전쯤에 중환자와 함께 올라갔습니다.

'왔다고?'

주위를 둘러보았으나 환자와 의사가 너무 많아 찾기가 힘들었다.

—그분 진짜 대단했습니다. 차 틈에 끼어 숨을 쉬지 않던 부상자를 찾아내 귀신같이 조치하더군요. 저희 대원이 버스에만 신경 쓰느라 놓친 부상자였죠. 구조 책임자로서 정말 부끄러우면서도 감사했습니다.

전문 의료진과의 공조한 구조작업이 그리 효과적일지 몰랐다는 소방대장의 칭찬은 한동안 이어졌다. 최임혁은 민호가 실제로 행한 깔끔한 치료들을 전해 듣고 속으로 고개를 끄덕였다.

'마스크를 쓰고서라도 일단 사람부터 도울 생각을 하다니. 윤환이와 성격이 비슷한가 보군.'

민호의 아버지이자 친구인 강윤환이 히어로처럼 자신을 구해 주었던 그날. 사고 현장의 부상자 전부를 감쪽같은 외과수술로 살려놓고 본인은 잡아떼 버린 그 사건은, 이제 와 생각해 보면 너무나 황당한 일이었다. 당연히 죽었어야 했을 자신은 물론이고 중상자 다섯을 그저 응급키트 하나로 살려 냈다.

'기적. 그리 불러야겠지.'

그 사건 이후, 의사로 진로를 바꾸는 게 어떠냐고 제안하던 자신에게 강윤환은 귀찮은 일이 느는 건 싫다며 거절의 의사를 밝혔다. 아마 그렇게 말했어도 몇 번 더 사람들을 구했을 것이다. 제수씨도 NGO 활동 중에 만났다고 들었으니.

응급환자. 그것도 1, 2초의 판단 실수로 생사가 판가름 나죽고 마는 사람들을 대하다 보면, 신이 주사위 놀음을 하는게 아닌가 하는 회의감마저 든다. 어느 때는 그저 기적이 일어나 주었으면 하고 바라게 될 만큼.

강윤환과 강민호는 그 기적을 실제로 행할 수 있는, 보다 신의 영역에 가까운 사람들이었다.

"최 교수님! 손 절단 환자, 4번 수술실 비어서 지금 들어가겠습니다."

"잘려 나간 오른손 조직 상태는 어때?"

"뼈가 조금 으스러지긴 했는데, 괴사 부위는 없었습니다."

"오케이. 흉 덜 지게 확실히 붙여줘."

최임혁은 상황판의 중상자 표시에 보드마커로 '접합수술 1'이라는 글자를 적어 놓았다. 그리고 새롭게 보고받은 중상자 2명을 추가 기록했다.

"동맥절단에 의식불명이라. 골든타임이 지난 시간에 살아서 실려 온 게 용하군."

"교수님."

조교수 나치수가 상황판 앞에 서 있는 최임혁에게 다가왔다.

"혈관 외상 환자 바로 응급수술 들어가겠습니다."

"마지막에 들어온 중상자 말하는 거야?"

나치수가 고개를 끄덕였다.

"홍상욱 선생이 수술방 잡아놨답니다. 인턴 하나가 동맥을 붙잡고 있다는데, 얼른 가서 파악해 봐야 할 것 같습니다."

최임혁은 그 인턴이 강민호임을 직감했다.

"치수야."

"네, 교수님."

"상황판 좀 보고 있어. 내가 들어가 확인해 볼게."

"교수님이요?"

중증외상 수술실.

간호사들이 바삐 움직이며 의료기구를 정리하는 동안, 닥터 홍은 환자 상태를 살피며 바이탈 사인 측정을 위한 전극 패드 부착을 끝냈다. 그러다 환자의 대퇴부에 손을 댄 채로 아직도 꼼짝 않고 있는 이에게 시선이 미쳤다.

"와, 계속 그 자세로 안 힘들어? 사고 현장에서부터 그랬을 거 아니야."

"버틸 만합니다."

아까는 경황이 없어 미처 묻지 못했으나 AN 병원의 인턴이 왜 홀로 응급구조 활동을 펼쳤는지 이해가 잘 가지 않은 닥터 홍이 물었다.

"근데 너 어디 과야? 이름표는 어따 팔아먹었어."

마스크를 쓴 남자, 민호는 닥터 홍 쪽으로 고개를 돌렸다. 슬슬 몸을 빼야 할 시간이 다가오는 듯했다.

"저는……."

환자와 닥터 홍을 번갈아 보며 어떻게 변명할지 궁리하던 민호는 점자시계로 증가된 감각 때문에 환자에게 부자연스러운 부분이 있는 것을 발견하고 귀를 쫑긋했다.

생존을 위해 심장 펌프가 끝없이 맥동 중인 상체와는 달리, 발목 쪽은 고요했다. 왼쪽 오른쪽 모두.

'어째서?'

고민하는 민호의 머릿속으로 최임혁의 감과 지식이 밀려들었다.

"닥터 홍. 이분 오른쪽 무릎도 과신전 손상을 받은 것 같습니다."

"뭐라고?"

"발등에 손을 대보십시오. 양쪽 다 맥이 없죠?"

닥터 홍이 환자의 발등에서 맥박을 촉지했다.

"정말이네, 혈관 박동이 없잖아? 게다가 차가워."

관통상을 입어 동맥이 절단된 왼쪽 다리야 발끝까지 혈류가 흐르지 않아 혈관박동이 없는 게 당연하지만, 오른쪽은 달랐다. 겉으로 보기에는 멀쩡한 것이다. 그럼에도 발등에 맥박이 사라졌다는 것은 문제가 확실하다는 반증이 된다.

닥터 홍은 민호가 한 말의 의미를 이제야 유추해 내고 놀라서 물었다.

"무릎 쪽인 건 어찌 확진한 거야?"

최임혁의 감과 극도로 증가한 청력 때문이라고 얘기할 수는 없기에 민호는 적당히 둘러댔다.

"이분 구조할 당시 다리가 차문에 끼어 있었는데, 그것 때문에 슬와동맥이 손상되지 않았나 싶습니다."

"이거 당장 수술할 부위가 하나 더 늘었네. 혈관 전문의한 명 더 콜해야지 안 그럼 조교수님 혼자 힘들겠어. 그런데인턴 너는 어째 그리 이런 증상에 대해 빠삭하냐?"

드륵.

"숙련된 응급의는 손끝만 닿아도 환자 상태가 보이는 법이지."

문이 열리며 수술 복장을 갖춘 최임혁이 들어왔다. 닥터 홍은 지도교수의 등장에 놀란 눈이 됐다.

"최 교수님!"

"치수 대신 내가 집도한다. 그리고 닥터 리. 고생 많았어."

민호는 이 말에 최임혁이 자신을 알아보고 커버해 주고 있음을 느꼈다.

"환자 상태 좀 브리핑해 주겠어?"

"환자는……."

"홍 선생 말고."

'제가 아니고요?'라는 눈을 한 닥터 홍에게 최임혁이 눈웃음을 지으며 민호를 가리켰다.

"닥터 리. 미국에서 특별히 초빙했는데 그 실력 최대한 써먹어야지."

무슨 소릴 하시는 건지 모르겠다는 민호의 반응보다 하늘 같은 지도교수의 눈치를 살피는데, 고수인 닥터 홍의 질문이 더 빨랐다.

"이분, 우리 병원 인턴 아니었어요?"

"상욱아. 긴급의료 상황에 내가 달랑 인턴 하나를 파견 보냈겠어? 당장 맞는 옷이 없어서 임시로 입힌 것뿐이야. 전에 얘기했지? 재난 의학 스페셜리스트를 초빙해서 너희 교육 좀 하겠다고. 인사해라."

"시, 실례했습니다!"

꾸벅 고개를 숙이는 닥터 홍의 모습에 민호는 마스크 속으로 쓴웃음을 지을 수밖에 없었다. 어쨌거나 환자가 급하기에 민호는 재빨리 브리핑했다.

"현재 복강 안쪽에 광범위한 출혈이 의심되고, 양쪽 다리 모두 혈관 손상을 입은 상태입니다. 사고 직후 의식을 잃은 것으로 보이며, 혈액 손실량이 많기에 긴급한 수혈을 시행 중입니다."

"내부의 출혈 부위가 최소 세 곳이라. 쉽지 않은 응급환자군."

민호는 최임혁의 지식과 경험을 공유하고 있기에 그러면 치료가 가능하리라는 신뢰가 저절로 생겨났다.

"닥터 리는 동맥에서 손 뗀 즉시 수술복으로 갈아입고 와. 그리고 내 앞에 선다."

"네?"

앞에 선다는 것은 수술에 참여하라는 말이었다. 그것도 직접. 놀란 민호의 표정에 최임혁은 '환자의 생명이 우선이다' 라는 엄숙한 얼굴로 말했다.

"복부 열어 보고 응급처치로 감당 안 되면? 아메리카에선 내 환자 아니면 그냥 죽게 내버려 두나? 착한 사마리아인은 어딜 간 거야."

간호사가 가져다준 깨끗한 수술복은 AN 병원의 전문의가 입는 복장이었다. 민호는 중증환자 수술실 바로 앞에서 급히 옷을 걸치며 이 사태를 어떻게 받아들여야 할지 난감한 표정이 됐다.

'거절하는 게 맞아. 들켰을 때의 위험부담이 커.'

그러나 AN 병원의 제1수술실을 길들이려면, 외과 의사로서의 마음가짐을 갖추고 실력도 입증해야 하는 것도 맞았다.

'어쩐다…….'

아무래도 고민이 길어질 것 같아 휴대폰을 들었다. 최임혁이 아버지의 절친이라 했기에 의견부터 물어보는 게 낫겠다는 생각에서였다.

신호음이 가고, 수화기를 드는 소리가 들려왔다.

—오냐.

"저 병원인데요. 혹시 지금 뉴스 보셨어요?"

—뉴스? 추돌사고 크게 난 거?

"그거요. 여기에 그 사고로 부상당한 중증환자가 있는데……."

—임혁이가 널 이용해 엉뚱한 짓을 하려 든다고?

"어떻게 아셨어요?"

전화 너머로 피식 웃는 소리가 들려왔다.

—전에 경고하지 않았나?

"그것뿐만이 아니에요. 이 병원에 죽은 의사가 깃든 수술실이 있는데, 확실한 실력을 보여주지 않으면 그걸 길들일 수가 없을 것 같거든요. 주황빛이 감도는 애장공간입니다, 아버지."

―수술실? 가만, 그거 임혁이 스승님일 거야. 이국철 교수라고 꽤 유명했거든.

"맞아요."

애장공간을 건드렸을 때 잠깐 목격한 환영에서 이국철을 보았었다.

"그래서 말입니다. 소자 고민이 큽니다."

―너 선의의 응급의료에 대한 면책조항은 알아?

"선의? 면책? 법 문제인가요?"

―모르면 모른다고 해.

"제가 고모 법전을 빌린 상태가 아니라서요. 하하."

―정확히 말하자면, 합법은 아니지만, 처벌을 받는 것도 아니야. 비범죄니까.

"비범죄?"

―의사보다 나은 능력으로 사람을 구하는 건, 사회윤리나 통념에 비추어 용인될 수 있는 행위거든.

"그럼 어째요?"

―뭘 어째. 네 맘이 시키는 대로 하면 되지. 환자 잘못되면

끽해야 콩밥밖에 더 먹겠나?

"코, 콩밥이요?"

달칵.

통화가 끝난 후 민호는 수술실 안쪽을 바라보았다.

가장 긴급한 처리를 요했던 출혈부위, 절단된 동맥을 잇는 작업에 착수한 최임혁이 보였다. 수술하고 있음에도 혈압은 계속 불안정한 상황.

'에라, 모르겠다.'

"10번 메스."

민호는 간호사에게서 메스를 건네받고 마취된 상태의 환자 복부를 과감히 갈랐다. 수술방에 들어오기 직전 점자시계를 터치하고, 회중시계로 6분 30초의 미래까지 본 까닭에 복부 안의 출혈부위 파악은 일사천리였다.

닥터 홍이 거즈로 절개 단면에서 흘러내린 피를 닦아내기도 전에 민호는 이미 손을 집어넣어 상처 봉합에 들어갔다.

"간은 괜찮고. 적출할 정도로 비장이 파열된 건 아닙니다. 터진 부분만 봉합하고 곧바로 슬와동맥 손상을 치료하는 편이 좋겠습니다."

"오케이."

대퇴부 절단 동맥을 정교하게 이어 붙이는 수술을 감행 중인 최임혁은 민호 쪽은 쳐다보지도 않은 채로 고개만 끄덕였다. 그리고 공동 집도의의 수술을 신경 쓰지 않는 건 민호 역시도 마찬가지였다.

삐삐.

바이탈 체크 기구에서 들려오는 소리에 민호와 최임혁이 동시에 마취과 의사에게 시선을 던졌다.

"혈압 떨어지려 합니다."

"피 좀 더 짜."

수혈을 책임지고 있던 의사는 민감하게 반응하는 두 사람의 말에 멈칫하고는 혈액팩을 쥐어짜 강제로 수혈량을 늘렸다.

둔상으로 파열된 비장 끝을 단숨에 동여매는 숙련된 손길을 보여주는 민호. 전자현미경을 들여다보며 동맥을 세심하게 잇고 있는 최임혁.

환자의 맥박과 혈압이 요동칠 때마다 유기적으로 호흡하며 상처를 치유해 가는 그들의 앙상블에 수술을 지켜보고 있던 닥터 홍의 입에는 감탄이 떠나질 않았다.

"복부 봉합하겠습니다."

"대퇴부 봉합."

두 곳의 출혈이 15분 만에 잡혔다. 닥터 홍은 바이탈이 상당히 안정된 환자를 보고 말했다.

"이 정도면 응급상황은 넘긴 것 같습니다. 오른쪽 무릎이 과신전된 것은 정형외과에 넘겨도……."

민호와 최임혁은 닥터 홍의 말을 듣고 있지 않았다.

"날카로운 부분에 찍히면서 슬와동맥 내막이 횡단면으로 절단된 느낌입니다."

"그래?"

"동맥 박리까지 의심할 수도 있고요."

심하면 다리를 절단해야 할지도 모를 중상이 발생할 거라는 말. 빠른 조치가 아니면 이 환자는 평생 불구로 살아야 할지도 모른다는 대화가 오갔다.

결심을 굳힌 최임혁이 닥터 홍에게 말했다.

"수술 스케줄 다시 잡으면 늦어. 우리가 한다."

마치 한몸과도 같은 의사가 있을 때 어느 정도의 시너지가 나오는지 확인한 최임혁의 눈은 자신감으로 가득했다.

민호도 환자를 완벽히 고칠 수 있다는 생각에 최임혁을 성심껏 보조하리라 생각하고 이차 수술을 준비했다. 그러다 등 뒤에서 느껴지는 꺼림칙한 기분에 힐끔, 고개를 돌렸다.

'뭐, 뭐, 뭐야?'

언제부터 서 있었는지 모르겠다. 이국철 교수로 추정되는 오래된 스타일의 의사 복장을 입은 환영이 자신과 최임혁의 수술을 빤히 지켜보고 있었다.

환영이 손끝으로 환자의 무릎 쪽을 가리켰다.

'수술에만 신경 쓰라고요?'

제1수술실이 이 구역 어딘가에 붙어 있다는 사실을 떠올린 민호는 약간의 긴장감이 일었다.

평가받고 있는지도 모른다. 저 대단한 최임혁 교수를 지도했었던 또다른 전설이 말이다. 그렇다면 모든 힘을 동원해 최선을 다해야 한다.

"닥터 리. 왜 그러나?"

"아, 아닙니다."

최임혁은 환자의 무릎 뒷부분에 메스를 댔다. 찌르자마자 고여 있던 피가 흘러나왔다.

"석션."

닥터 홍이 빠르게 피를 빨아들이는 동안, 민호는 안쪽의 상처를 자세히 확인해 보았다.

"음……."

최임혁도 안을 보더니 혀를 찼다.

"열어보지 않았다면 큰일 날 뻔했군."

슬와동맥의 완전폐색. 단순히 끊어진 혈관을 다시 이어주는 것으로 끝날 수술이 아니었다. 제대로 하려면 이미 심각한 손상을 받은 슬와동맥을 제거하고, 환자의 대복재정맥을 이용해 혈관치환술을 시행해야 하는 복잡한 과정이 필요했다. 그것도 30분 이내에.

"자네가 치환술을 맡게. 내가 보조하지."

"제가요?"

동맥 수술은 집도의의 손끝이 신속 정확해야 한다. 이미 대퇴부 수술에서 많은 심력을 쏟아부었던 최임혁은 자신보다는 비교적 간단한 수술이었던 민호가 더욱 집중력을 발휘할 수 있다고 믿었다.

이건 민호의 실력이 최소한 동급이라는 것을 인정해야만 할 수 있는 발언이었기에 닥터 홍까지 놀라고 말았다.

"할 수 있겠나?"

"그럼요. 아, 그전에 수술 장갑 좀 교체하고 오겠습니다. 구멍이 날 것 같거든요."

민호가 손 소독을 핑계로 회중시계와 점자시계를 한 번 더 터치하기 위해 나간 사이 닥터 홍이 최임혁에게 물었다.

"저분 대체 어느 병원에 있던 분입니까? 최 교수님만큼 광범위한 장기손상 케어에 능한 분이 또 있을 줄이야."

"나만큼?"

최임혁은 '그 이상이야'라는 의미의 웃음을 훗 던졌다.

76.
애장거탑, 데스노트와 형사반장(2)

"그 말초혈관수술 선배님들도 보셨어야 했는데. 저 그런 기술은 생전 첨 봤습니다."

중증외상 수술실에서 어시를 서고 온 닥터 홍의 주위로 응급의학과 레지들이 몰려들었다.

"슬와동맥 하방에 대복재정맥을 귀신같이 문합하는데, 최임혁 교수님도 놀라시더라고요. 헤파린을 일부러 안 넣고, 혈액 응고되기 전에 수술을 끝내 버리더라니까요. 5분만에."

타 과에서 파견을 나왔었던 의사들까지 하나둘 다가와 닥터 홍의 이야기에 귀를 기울였다.

"합병증이 발병하고 싶어도 도저히 발병할 수가 없는 초스

피드였습니다. 정확도는 말할 것도 없고."

"그 의사가 누군데?"

"교수님이 '닥터 리'라고만 하셨습니다. 나 좀 봐, 정리하느라 이름도 못 물어봤네."

응급실 한쪽에서 이미 이마를 꿰맨 치료를 끝내고 온 한 경상 환자에게 포비든요오드, 통칭 빨간약을 발라주는 단순 작업을 하고 있던 정승기가 고개를 돌렸다.

'혀…… 혈관치환술을?'

수술방에 남아 있었던 마스크 인턴이 강민호일 것이라고 확신하고 있었기에 정승기의 충격은 더욱 컸다.

강민호의 나이 고작 스물넷. 그런 그가 외과적인 난이도가 상당한 수술을 해냈다면 그건 월드 토픽감에 오를 일이다.

'미친. 내가 무슨 생각을 하는 거야.'

그가 아무리 능력자라 해도 저건 말이 안 된다. 인정하는 순간, 자신은 정신 나간 것과 다를 바 없다.

'그래도 그 눈빛은 강민호 같았다고.'

심정적으로는 확신이 들었지만, 이성적으로는 계속 고개를 휘젓게 되고 마는 이 상황에 정승기는 그저 헛웃음만 나올 뿐이었다.

"어우, 늦었습니다!"

응급실 입구로 강민호가 뛰어 들어왔다. 촬영 시작시각인

9시가 아닌 11시가 되어서야 나타난 강민호는 깔끔한 인턴 복장에 팔뚝에 체험완장까지 차고 있었다.

'거봐, 아니지?'

아까 목격한 마스크 인턴의 옷이 완전 더러웠다는 것을 떠올린 정승기는 안도의 한숨을 내쉬었다.

강민호가 아무리 괴물급 지식을 뽐낸다고 한들 인간이다. 당연히 인간이 할 짓을 해야지 초능력자가 할 법한 일을 해낼 순 없는 법.

정승기는 2시간 먼저 촬영하면서 강민호보다 분량을 많이 쌓아 두었다는 것에 의의를 두며 생각의 정리를 끝냈다.

지이잉.

휴대폰에서 문자가 와 자신을 촬영중인 VJ에게 양해를 구한 정승기는 얼른 확인해 보았다.

[승기야. 만반의 준비를 해놨어. 어떤 증상이든 국내 최고 전문의의 소견을 들을 수 있게 해주마. 우리 부교수님이 힘을 써서 타 과의 교수님 전부 섭외 가능해졌다. 지난번엔 우리 진단의학과뿐이었지만, 오늘은 삼원병원 전체 대 강민호다.]

정상적인 날이었다면 실제 방송에서 인기라는 문채는 선생의 등장을 위해서라도 진단의학과도 들렀겠지만, 추돌사고로 일정이 틀어졌기에 바로 답문을 보냈다.

[오늘은 큰 준비 안 하셔도 될 것 같습니다. AN 병원 난리 났습니다. 진단의학과에 갈 가능성이 거의 없습니다.]

[아쉽네. 어떻게 알았는지 하우선 교수가 부교수님께 문자를 보냈더라고.]

'지난번 일이 들켰다고?'

흠칫 놀랄 수밖에 없는 소리였다.

['우리 문 인턴과 젊은이 보내서 그쪽 식충이들 참교육 좀 시켜줄까?'라고. 부교수님이 칼을 가시더라. 근데 젊은이가 누구냐?]

이어진 문자에 정승기는 VJ가 따라붙으며 촬영을 시작한 강민호에게 시선을 던졌다. 방송작가와 함께 오늘 사고로 늦어진 것에 관한 인터뷰라도 시도하려는 모습이었다.

─병원 측 얘기를 들어보니 며칠 전에 문채은 선생님의 목숨을 구하셨다면서요? 비행기 안에서.

─어? 그건 어떻게 아셨죠?

신경을 잔뜩 쓰고 있다 보니 두런두런 대화 소리가 들려왔다. 그런데 그것이 심상치 않은 내용이다.

─사전조사 겸 이 병원에 자주 들락거리니까요. 수혈을 해 주셨다는 얘기를 들었어요.

─뭐, 사람 살리는 일인데 뭐든 못 하겠어요? 맞다, 준성이 잘 지내는지도 봐야 하는데. 좀 있다 가봐야겠네요.

─오늘은 사고 때문에 프로그램 진행 방식에 변화를 줬습니다. 이제 도로가 정리돼서 아직 두 분이나 못 오셨거든요.

 ─변화요?

 ─오전에는 응급실 돕는 포맷으로 가고, 오후에는 지난번처럼 진단의학과 인턴 선생님을 돕는 것으로요. 그리고 이건 강민호 씨에게만 드리는 말씀입니다.

 강민호를 찍던 VJ가 잠시 카메라를 껐다. 정승기는 다른 곳을 보는 척하며 최대한 고개를 돌려 그들의 말에 귀를 기울였다.

 작가가 민호 쪽으로 입을 가까이 가져가며 낮은 목소리로 말했다.

 ─저희가 다큐처럼 찍긴 하지만 그래도 예능인데 러브라인 하나는 있어야 하지 않나. 저희 스태프 대부분이 생각을 지지해요. 문채은 선생님과 강민호 씨 스토리가 그걸 살리기엔 최적이거든요. 아, 물론 가상으로요.

 수수하게 입고 다니지만, 미모가 남달랐던 여의사. 정승기는 그다지 관심 없었던 상대임에도 작가가 강민호랑 엮어 주려고 시도한다는 것에 속이 부글거리는 것을 느꼈다.

 정승기는 삼원병원의 의사에게 문자를 보냈다.

 [준비하십시오. 오후에 하 교수를 만나러 갑니다.]

 [정말? 좋아, 해보자고!]

'이런…….'

러브라인은 무슨 러브라인. 민호는 난감해졌다. 수술실을 빠져나오자마자 번개처럼 옷을 갈아입고 응급실에 왔더니 작가가 대뜸 시청률 상승을 위한 제안을 해왔다.

'채은 선생님이 싫은 건 아니지만.'

아무리 가상의 연기고 서은하도 이해해 줄 것으로 생각해도 엄연히 임자가 있는 몸으로서 지양해야 할 짓이었다. 하 교수가 그 부분을 놀려대기 시작하면 가뜩이나 감당이 안 된다.

"그건 자연스럽게 흘러가게 놔두죠. 옆에서 아무리 분위기 띄워줘도 본인들이 핑크빛 무드가 안 되면 그렇게 눈에 안 띄잖아요."

민호가 단호한 어조로 얘기하자 작가는 '제작진 의견이었을 뿐입니다'하고 한발 물러섰다.

삼십 분 후.

추돌사고로 폭풍이 휩쓸고 간 응급실의 대란은 서서히 잠잠해졌다. 이미 응급처치가 끝난 이들이 많았기에 민호는 주로 뒷정리를 하는 간호사들의 업무를 돕게 됐다.

"후, 진짜 올림픽대교 중간에서 한 시간 동안 정차해 있는데 미칠 것 같더라고. 유턴도 안 되고 내릴 수도 없고."

민호는 자신보다 더 늦게 도착한 배우 임정원의 목소리를 한 귀로 흘려들으며 제1수술실이 위치한 본관 방향에 멍하니 시선을 던졌다.

'당장 만져보고 싶지만 저녁시간 때나 틈이 날 것 같아.'

생전 처음 경험했던 외과수술은 결국 아무에게도 들키지 않고, 별다른 위험도 없이 끝났다.

최임혁이 더 매끄럽게 처리해 주겠다는 약속과 함께 그의 애장품을 계속 빌려주기까지 했기에 어찌 보면 이득이었다.

'응급의학지식이야 언제 어디서든 유용하니까.'

기왕 더 빌리는 거, 반지를 이용해 최대한 지식을 외워두는 것도 나쁘지 않으리라.

그렇게 오늘 하루의 세부 계획을 짜며 간이침대를 정리 중이던 민호는 응급실 입구로 막 걸어 들어온 한 사람을 보고 저절로 손의 움직임이 멈췄다.

이런 곳에서 보리라고는 전혀 생각지 못했던 사람.

'반장님이 여긴 어떻게……'

굳게 다문 입술에 상대를 은연중에 압도하는 날카로운 눈매. 민호는 서철중을 보자마자 급박한 사고현장에서도 들지 않았던 위기감이란 것이 일었다.

그도 그럴 것이 금요일에 세워 놓은 은밀한 계획은 들킨다면 뼈도 못 추릴 짓이고, 저 딸바보 현직형사님께서는 상대를 추궁하는 기술에서는 최고의 달인이기까지 했다.

그야말로 진퇴양난. 일단 튀어야겠다고 마음먹은 민호가 등을 돌리던 그때.

"민호 군? 자네가 여기 웬일인가?"

망했다.

우물쭈물하는 사이 서철중이 다가왔다.

'진정해.'

사람 속마음이라는 게 쉽게 들키고 그러는 것이 아니다. 민호는 숨을 고르게 내쉬며 최대한 안정적인 분위기를 유지한 채로 반장을 맞이했다.

"안녕하셨어요, 반장님."

그리고 자신의 옆을 따라붙고 있는 VJ의 카메라를 가리켰다.

"저 이 병원에서 촬영 중이었어요. '메디컬 24시'라고 아세요?"

여기까지 좋아, 침착했어라고 민호는 스스로 기운을 북돋았다.

"아, 그 프로? TV 좋아하는 임 경장에게 얘기는 들어봤네."

서철중은 연예인을 자식으로 둔 부모답게 카메라 앞에서도 그다지 위축된 기색이 없었다. 오히려 촬영 스태프들을 예리한 눈길로 살핀 통에, 각본 없는 리얼예능이 펼쳐지길

막연히 기대하고 있던 스태프들이 멈칫했다.

"그럼 나도 방송에 나오는 건가?"

"편집만 안 된다면요."

서철중은 "굳이 나오고 싶은 생각은 없어"라고 짧게 내뱉다가 자신을 촬영 중인 VJ와 눈이 마주쳤다. 그리고 VJ의 옷소매에 시선이 머물렀다.

"카메라 양반은 팔뚝과 가슴에 피가 잔뜩 묻어 있군. 누굴 해친 거지?"

"제, 제가요?"

"본인 피는 아니잖나? 보통 이 정도로 피가 튀는 상처라면 상대는 중태일 텐데. 어디 지나가던 일반인에게 자네가 가해자가 아니라는 사실을 이해시켜 줄 수 있겠나? 아니면 내가 체포를 해야 하니."

"아까 응급수술실을 촬영하다가……."

죄짓고는 못 산다는 말을 가장 실감 나게 이해시켜 줄 수 있는 베테랑 형사의 취조에 VJ는 혼비백산해 촬영 도중 벌어진 일을 술술 불어댔다.

'저거지 저거.'

경찰이 갑작스레 자신을 심문하겠다고 나서면 받게 되는 막연한 불안감. 서철중은 그걸 증폭시키는 묘한 카리스마가 있었다. 민호는 괜히 눈이 마주쳤다가 곤욕을 치르는 VJ를 보며 경고를 미리 해주지 못한 것을 속으로 사과했다.

"추돌사고라. 의사 선생들이 고생이 많았겠구만."

서철중은 VJ에게서 오전의 일을 세세한 것까지 전해 듣고 는 고개를 끄덕였다.

민호는 서철중이 다시 자신에게 관심을 두기 직전, 괜한 추궁에 휘말릴까 먼저 선수를 쳤다.

"반장님께서는 여기 어쩐 일로 오셨어요?"

"형사가 이 시간에 돌아다니며 하는 일이 뭐겠나?"

서은하와 둘만의 여행을 계획한 자신을 붙잡으러 온 건 아닐 테고. 살짝 찔린 민호가 낮은 목소리로 물었다.

"누굴 잡으러 오셨어요?"

"수사 내용을 비관계자에게 흘릴 수는 없고. 아, 자네 혹시 이 병원에서 근무한다는 의사 아나? 하우선이라고 들었는데."

"하 교수님이요?"

어째서 그를 찾는지를 묻고 싶었으나 '비관계자'라는 서철중의 말 때문에 대답만 하게 됐다.

"이 길로 쭉 들어가서서 본관 3층 건물로 가면 돼요."

"원, 병원이 좀 넓어야지. 고맙네. 촬영 잘하고."

위기를 넘겼다.

민호는 '휴우' 하는 안도의 한숨을 내쉬다가 복도로 걸어가는 서철중과 눈이 마주쳤다.

"민호 군."

"넵!"

"갑자기 생각난 건데. 저 카메라 없이 얘기 좀 할 수 있나? 중요한 건 아니지만 그래도 지금 아니면 자네를 볼 시간이 없을 것 같아서 말이네."

"그, 그럼요."

민호는 제작진 쪽에 양해를 구했다.

"저 반장님 모셔다드리고 올 테니 촬영 잠시만 끊고 가요."

서철중과의 일대일 대화. 버텨야 한다. 무슨 일이 있어도.

본관 3층으로 걸어가는 길.

"딸아이가 보름 동안 집에 딱 한 번 들어와서 말이네. 가족 영화 시간도 건너뛰고. 참나. 연쇄방화범 잡으려고 두 달간 잠복근무했을 때도, 난 이 정도 외박은 안 했어."

"드라마 촬영이 원래 후반으로 가면 빠듯해요. 특히 인기가 있으면요. 은하 씨 드라마가 지금 주중 최고 시청률을……."

"지금 우리 딸아이가 관심 있다고 내 앞에서 편드나?"

민호는 반사적으로 변명해 주다가 입을 다물었다.

"그리고 새벽에 집에 들어와서 하는 말이, 제주도로 여행을 가겠다더군. 그것도 이번 주 금요일에."

알고 말하는지 모르고 말하는지를 파악할 수가 없기에 움찔할 수밖에 없는 질문. 민호는 아침에 서은하에게 받은 문자를 생각하며 일단은 사실 그대로 이야기했다.

"여행이 아니라 방송국에서 정식으로 잡은 스케줄입니다. 주·조연 배우가 고생한 서로를 격려하고 단합할 수 있는, 인기 드라마에 수여하는 포상 같은 거라고나 할까요?"

"자네도 가나?"

"저는……."

순간 말려들 뻔했다. 머릿속은 수십 가지 대답을 조합하느라 혼란스러웠으나, 겉으로는 침착하게 입을 열었다.

"다른 일정 때문에 전부 참여는 못하고 금요일만 드라마 스태프들과 함께 있을 것 같아요."

"딸아이에게 들이대던 그 수많은 사내놈도 이 포상에 참여하나?"

"그게…… 누굴 말씀하시는 건지요?"

서철중이 품속에서 휴대폰을 꺼냈다. 그리고 민호가 예전에 가르쳐 주었던 서은하의 SNS계정을 열었다.

"여기 봐봐. 기웃거리며 사진 좀 같이 찍어보겠다고 옆에 서 있는 녀석들. 다 드라마 같이 찍은 놈들 아닌가?"

"어? 그러네요."

주연배우는 물론이고, 오래전에 등장하고 사라진 프랑스

계 모델 루이의 모습까지 있었다. 민호의 눈에도 질투의 불꽃이 번뜩였으나 왜 이런 사진을 찍었는지 대충 감이 왔기에 기분을 추스르고 말했다.

"SNS가 원래 보여주기 용이라, 이건 은하 씨 인기를 말해주는 팬서비스 차원으로⋯⋯."

"됐네. 일이건 뭐건 간에 이렇게 흑심 있는 얼굴로 접근하는 애들 목적은 다 똑같아."

"그건 동감합니다."

"자네⋯⋯."

서철중이 걸음을 멈추고 어깨에 손을 올린 통에 민호는 순간 숨을 죽였다.

"⋯⋯자네처럼 얼굴에 티가 다 나면 차라리 낫지."

"그, 그렇습니까?"

뒤이어, 당황한 민호에게 서철중의 말이 비수처럼 꽂혔다.

"아무튼, 그런 곳에 은하를 혼자 놔두고 내빼겠다는 거였군, 자네는."

"내빼다니요. 은하 씨에게 딴맘 품은 사내놈들이 있다면 제가 콱!"

이건 진심이었다.

"두고 보겠네."

"걱정 마십시오! 은하 씨 주변에 빼질거리는 사내는 단 한 명도 접근 못 하게 하겠습니다!"

반사적으로 주먹을 불끈 쥐어 보이던 민호는 가장 흑심을 품고 있던 자신이 왜 이런 선언을 하고 있는지 모르겠다는 심정이 되어 버렸다.

반장님 앞에서는 언제나 한없이 작아지는 이 기분.

'으휴.'

3층 엘리베이터 문이 열리고, 민호는 복도 끝에 있는 진단 의학과 구역까지 걸어가 안내를 멈췄다.

"이곳입니다, 반장님."

"수고했네. 언제 시간 나면 우리 서에 한번 들르게나."

"경찰서에요?"

"뭘 놀라나? 우리 막내놈 운전교육 좀 시켜달라고. 명색이 형사라는 놈이 서에서 기동 차량 운전을 제일 못해. 창피해서 원."

지난번 어깨 넓은 형사들과 고기를 구워 먹었을 때 들었던 그 얘기였다. 민호는 "시간 내서 찾아뵙겠습니다" 하고 고개를 꾸벅 숙여 보인 뒤 등을 돌려 엘리베이터 앞으로 걸어갔다.

"민호 씨."

그러다 등 뒤에서 들리는 목소리에 고개를 돌렸다. 환자 차트를 가슴에 안고 있는 한 여의사가 진단과 진료실에서 걸어 나왔다.

"채은 선생님."

민호와 눈이 마주치자 문채은이 반갑다는 표정으로 다가왔다.

"몸은 괜찮으세요?"

"네, 민호 씨 덕분에요."

의사가운을 걸친 그녀는 얼굴이 워낙 하얗기에 창백함이 강조되어 보일 뿐 질병과 관련된 이상 징후는 없어 보였다.

"준성이는요?"

"프랑스에서 양부모님이 도착하셔서 지금 편히 있어요. 민호 씨도 보고 싶어 하고요."

"암튼, 긴급 수혈이라 걱정했는데 채은 선생님도 부작용이 없다니 다행이네요."

민호의 말에 문채은은 멈칫하더니 갑자기 입을 가리고 조심스레 물었다.

"민호 씨, 지금 촬영 중인가요? 카메라가 안 보이네요."

"잠깐 아는 분을 만나서 따로 나와 있었어요."

"그럼 잠시만 얘기할 시간 있어요?"

평소보다 적극적으로 느껴지는 문채은의 요청에 민호는 고개를 갸웃했다.

"괜찮을 것 같아요."

두 사람은 3층의 휴게실로 이동해 자판기 커피를 뽑았다.

"자요, 민호 씨."

"잘 마실게요."

그렇게 빈 의자에 앉아 한동안 이어진 문채은의 말은 민호를 잠시 멍하게 만들게 하기 충분했다.

"공항에서 응급차로 실려 왔던 그날 있잖아요. 시신경에 이상이 온 건지 반짝이는 물건들이 보이는 거 있죠? 뭐랄까, 나 좀 봐달라고 스스로 빛이 나는 느낌? 제1수술실 외벽은 아예 색까지 주황빛으로 입혀져서……."

자신의 피를 수혈받고 몇 시간 뒤, 일시적으로 애장품의 빛을 목격했다는 그녀의 조심스러운 고백에 민호는 남몰래 신음을 삼켜야 했다.

"자고 일어나니 더는 신경 이상이 느껴지지 않았어요. 그래도 행여 민호 씨에게 문제가 있는 건 아닐지 걱정이 들어서요. 제가 겪은 게 일반적인 증세가 아니라서."

"그런 일이 있었군요……."

민호는 자기도 모르게 커피를 한 모금 삼키다 뜨거움에 콜록, 혀를 이리저리 움직여 억지로 데는 것을 면하고 가까스로 말했다.

"이건 제 생각인데요. 아마 심한 열이 겹쳐서 온 일시적인 환각, 부작용일 거예요. 저는 괜찮았거든요."

일단은 잡아떼며 문채은의 반응을 살폈다. 다행히도 자신을 전적으로 신뢰하는 까닭에 수긍하는 눈치.

피를 수혈해 준 대상이 애장품을 발견하다니. 이건 생각지도 못한 일이었다. 작용하는 방식은 어느 정도 납득이 가지만, 신기하지 않을 수 없었다.

문채은은 민호의 의견을 곰곰이 곱씹어보더니 고개를 끄덕였다.

"지금 생각해 보면, 그날 너무 정신이 없어서 잘못 본 게 아닐까 싶긴 해요. 말이 안 되는 일이잖아요. 물건이 스스로 빛난다는 게."

"그렇게 빛나는 물건…… 혹시 건드려 봤어요?"

"선배님 청진기가 빛나길래 만져보긴 했는데 다른 물건과 별 차이가 없었어요. 촉감도 그렇고."

어제 하루는 시각적인 신경만 교란시키는 병증 사례만 쓸데없이 뒤져봤다며 문채은이 웃었다.

"민호 씨한테 먼저 연락해 볼 걸 괜한 고민했네요."

"하하. 그러게요."

'단지 볼 수만 있는 것뿐이라면 일시적인 것으로 봐야겠지?'

아버지에게 이 상황에 대해 한번 물어봐야겠다고 생각하며 민호는 갑자기 찾아온 충격을 어느 정도 수습했다.

짧은 대화가 끝나고, 민호와 문채은이 자리에서 일어났다.

"오후에 진단과에 촬영 온다고 연락을 받았어요."

"아마도 그럴 것 같아요. 채은 선생님 인기가 너무 좋아서, 작가분들이 더 출연시키지 못해 난리더라구요."

"설마요."

부끄러운 듯 고개를 숙이는 문채은. 민호는 그녀의 옆모습을 바라보다, 저 모습 그대로 병원 입구에 실물사진이 걸린다면 남자 환자는 백프로 증가하리란 확신이 들었다.

"맞다. 전에 들은 준성이 케이스는 종료됐을 테고. 또 병명이 불확실한 환자분 있어요?"

"있긴 한데요. 그게……."

뭔가 꺼림칙한 부분이 있는 듯 표정이 안 좋아지는 그녀. 대부분 저럴 때는 하우선 교수만 신나는 케이스일 경우가 많았다.

"누가 됐든 오후에 가서 있는 힘껏 도와볼게요. 잘될진 모르겠지만."

"매번 고마워요, 민호 씨."

※

AN 병원 서관 입구.

오전에 급히 시작한 통에 제대로 된 오프닝도 찍지 못한 '메디컬 24시' 출연진들이 한자리에 모였다. 담당 PD 김상만이 벤치에 둘러앉은 그들을 향해 입을 열었다.

"현재 병원 전체가 평소와 달리 비상체제라 촬영 스태프도 한 번에 움직이기가 힘들어졌습니다. 병원 측에서도 비교적 환자 대응에 여유가 있는 진단의학과와 재활의학과만 촬영 허가가 떨어졌기에 팀으로 나눠 가는 것으로 하겠습니다."

"그 괴팍한 교수님 있는 곳? 저는 절대 못 갑니다."

아나운서 정상욱이 손사래를 치며 먼저 발을 뺐다.

"저도 재활의학과가 격하게 땡기네요."

"방송 봤는데 그 교수님 진짜 무섭던데요? 민호 씨나 되니까 버티지, 의대 중퇴인 저는 감당 못 합니다."

선착순이라도 되는 듯 연이어 배우 임정원과 모델 고진수가 재활의학과로 가겠다고 앞다투어 의견을 냈다.

김 PD가 남아 있는 두 사람을 바라보았다.

"강민호 씨는 괜찮으시죠?"

"뭐, 상관없어요."

민호는 고개를 끄덕였다. 정승기도 생각할 것도 없다는 듯 수락하자 팀이 나뉘었다.

제작진들이 오후 촬영을 준비하는 동안, 정승기가 민호의 옆으로 다가왔다.

"강민호 씨."

고개를 돌린 민호에게 정승기가 물었다.

"준비 많이 하셨죠?"

"네? 무슨 준비요?"

'알면서 왜 그러시나?'라고 말하는 듯한 정승기의 눈길에서 과한 의욕을 감지한 민호는 혹시나 싶어 점자시계를 터치해 보았다. 역시나 초소형통신기를 이용하고 있는 모양.

이해는 간다. 최임혁의 애장품을 들고 있는 자신도 하 교수의 괴논리에는 대응하기가 어려운데, 치과를 전공한 정승기가 홀로 어떤 대답을 할 수 있으랴.

그랬기에 민호는 동지를 대하는 마음으로 별 대꾸 없이 촬영을 준비했다.

"승기 씨, 오늘 오후 촬영 잘 끝내 봐요, 우리."

"잘해 봅시다."

"3분 후에 촬영 들어가겠습니다."

FD의 음성에 정승기는 AT엔터에서 공수해다 준 감도 좋은 통신기를 체크해 보았다.

"들리세요?"

―양호. 이번에도 지면 간판 내린다고 부교수님이 작정하셨다.

"오늘은 천천히 갈 겁니다."

─동의해. 결정적인 한 방으로 코를 납작하게 해주자고.

저 강민호 때문에 자존심은 던져 버린 지 오래. 전처럼 당황해서 그때그때 아는 척을 하려다 오히려 독이 되는 상황에 부닥치지 말고, 뭐가 됐든 확실한 답을 찾자고 정승기는 다짐했다.

"채은 선생님, 오셨어요?"

"민호 씨. 오늘 진단과 체험 맞죠?"

"네. 저하고 승기 씨하고."

"아……."

문채은이 고개를 돌려 정승기에게 눈인사를 건넸다.

정승기는 인사를 받으면서도 왠지 둘 사이에 끼어든 쩌리 같은 존재가 된 것 같아 혀를 찼다. 그나마 위안이 되는 것은, 오전에 마주친 응급실의 간호사들은 대부분 자신의 튼실한 몸과 훈훈한 얼굴에 호감을 격하게 표시했다는 것뿐.

'내세울 것이 피지컬뿐인 게 자랑할 만한 일은 아니지.'

정승기가 씁쓸한 웃음을 짓고 있는데 휴대폰이 문자를 수신해 진동했다.

[오빠. 촬영 중? 나 강민호 씨 사진 한 장만 부탁~ 그럼 치맥 쏜다!]

'이게 진짜.'

하나밖에 없는 여동생이라고 오냐오냐 대했더니 아주 뒷골을 바짝 당기게 한다.

"촬영 시작하겠습니다. 현재 오후 1시. 6시까지 다들 따라다니는 의사 선생님 열심히 보조해 주십시오!"

PD의 지시로 투입이 시작됐다.

정승기는 앞서 걷는 문채은과 강민호의 뒤를 따르면서 과연 어떤 케이스를 맡게 될지 약간은 기대하게 됐다. 삼원 병원의 모든 교수진들에게 도움을 구할 수 있게 된 이상 우위에 설 수 있다는 자신감이 충만한 까닭이었다.

진단의학과의 사무실, 하우선 교수의 방문이 열렸다.

"웰컴~"

탁자 중앙에 앉아 있던 마른 체구의 중년 남자는 방송 카메라를 보자마자 생일용 폭죽을 펑 터트렸다.

"에어프랑스의 히어로 어서 오고. 문 인턴 어서 오고. 가만. 이 친구는 누구였더라?"

정승기는 하 교수의 시선을 받고 지난번에 그가 자신을 불렀던 별명을 말했다.

"뉴페이스입니다, 교수님."

"아, 기억났어. 이젠 두 번째니 뉴페이스라 부를 순 없겠군."

시작부터 말려드는 기분에 정승기는 침묵을 지킨 채로 강민호 쪽을 흘끔 살폈다. 벌써 차트를 들여다보는 그 모습에 정승기도 얼른 자리에 앉아 탁자 위에 놓인 환자의 정보부터 읽어 내려갔다.

하 교수가 자리에 앉으며 말했다.

"이건 오전에 살짝 진행하고 있던 환자의 진료기록이다. 거기 올드페이스."

"올드? 저 말씀이십니까?"

정승기의 질문에 하 교수는 "그래 맞아"라는 대답을 하며 반대편의 강민호를 가리켰다.

"히어로가 된 라이벌에게 한마디 해주지 않겠나?"

"그⋯⋯."

하 교수가 익살맞은 표정을 지었음에도 정승기는 웃음이나 농담으로 맞대응할 수가 없었다. 전에 하도 시달리며 저 교수의 모든 행동에 고도로 계산된 냉소와 비웃음이 깔렸음을 체감했기 때문이었다.

휘말려 들었다가는 본전도 못 찾는 부류에게는 적당한 순응이 답이라는 생각에, 정승기는 표정을 관리한 채로 강민호에게 말했다.

"축하합니다, 민호 씨. 무슨 활약을 했는지는 모르겠지만 젊은이에서 히어로로 격이 오르셨군요."

하 교수가 '오오' 하는 눈길로 엄지를 내보였다.

"올드페이스 상당히 침착해졌는데? 히어로는 진단회의 시작 전에 할 말 없나?"

강민호가 멋쩍은 표정으로 입을 열었다.

"저는 젊은이가 아니라 히어로인가요, 이제?"

"왜? 맘에 안 드나?"

"아닙니다. 그냥 부담스러워서요."

"부담 팍팍 가져야 해. 오늘 케이스는 히어로가 필요한 일이거든."

하 교수의 의미심장한 말에 강민호와 정승기 모두 차트를 자세히 들여다보았다.

[민태희. 서른일곱. 극심한 두통을 호소하다 실신 후 입원…… 연예인급 미모.]

정승기는 눈을 비볐다. 끝에 적힌 말은 아무리 봐도 증상이라고 볼 수 없는 단어였다. 차트의 환자 사진을 보니 실제로도 무척 아름다웠다. 그러나 정승기는 외모가, 그것도 예쁜 것이 왜 증상이 되는지에 의문을 느낄 수밖에 없었다.

"저, 교수님."

"그래, 올드페이스."

"예쁘다는 것을 왜 기록해 둔 겁니까? 유전적인 문제를 의심한다면 그에 관련된 이력이 있어야 할 텐데요."

"다음 장을 읽어봐."

"다음 장?"

[남편은 못생김]이라는 글귀를 본 정승기는 황당함을 금할 수 없었다.

"이거 환자의 인격모독 아닙니까?"

"자네야말로 어정쩡한 생각으로 차별하는군. 객관적인 눈으로 보면 동의하는 내용이잖나. 이 환자 안 예쁘나?"

정승기는 하 교수의 장난에 놀아나기보다는 정확한 진단을 내리겠다고 결심하고 온 까닭에 대답하지 않고 순수하게 실질적 증세 분석에만 집중했다.

"히어로의 의견은 어떠신가?"

"못생긴 남편에 예쁜 부인이라면…… 상식적으로 남편이 돈이 많겠죠."

"캬, 탁월하게 직설적이야. 그런데 남편이라는 사람은 금수저를 입에 물고 태어난 신분이 아니야. 9급 공무원. 구청 말단 직원이지. 그에 비해 여자 쪽은 스펙도 아주 훌륭해. 똑똑하고 직업 좋고, 거기다 핫하기까지."

"둘의 연관점이 없는데 함께 산다는 것 자체가 정신적인 문제가 있다고 보시는 거군요. 그런 정신적 문제를 유발하는 병증도 염두에 둔 거고."

"정확해."

쉴 틈 없이 이어지는 둘의 대화에 정승기는 관점이 특이해도 너무 특이한 건 아닌가 싶어 속으로 고개를 흔들었다.

혹시 몰라 자신만 이상하다고 여기나 싶어, 문채은과 그녀의 선배인 펠로우 3인방에게 시선을 돌렸다. 그들도 난감하다는 표정이기는 마찬가지였다. 오히려 자신보다 더 안색이 좋지 않았다.

"그런데 말이야. 이게 핵심이 아니야."

하 교수는 카메라와 그 옆에 서 있는 조연출과 여 작가를 바라보더니 물었다.

"이 방송, 녹화하면 다음 주에 나가나?"

조연출이 멀리서 고개만 끄덕였다.

"그럼 공개해도 되겠군. 그 형사반장 양반이 별말 안 했으니."

정승기는 형사라는 말에 무슨 소리냐는 표정이 됐다.

"현재 강북경찰서에 연쇄살인 '혐의'를 받고 수감 중인 용의자가 있거든."

"그게 환자랑 무슨 상관이죠?"

형사라는 얘기에 가장 놀란 것처럼 보이는 강민호의 물음에 하 교수가 '걸려들었군' 하는 표정으로 말했다.

"그 용의자가 이 환자를 죽이려다 붙잡혔어. 자, 여기서 최종 증상 추가. 환자는 연쇄살인범에게 쫓기고 있다."

정승기는 입을 벌린 채 차트를 탁자 위에 떨궜고, 이 사실을 이미 알고 있던 문채은과 펠로우들은 이미 안 좋았던 안색이 흙빛이 되어 버렸다.

오로지 강민호만이 약간 당황한 기색임에도 의아한 표정이 되더니 다시 차트로 고개를 숙였다.

"중요한 건, 이 환자가 일어나서 제대로 된 증언을 못 하면 그 용의자가 일단 풀려난다는 것. 수사기관의 구속시간 효력이 48시간인 건 알지?"

하 교수가 회심의 미소를 지으며 말했다.

"여러분은 지금 환자의 목숨을 안팎으로 지켜내야 하는 상황인 거야."

'반장님 일이라고?'

민호는 서철중이 병원에 온 이유를 알게 되자마자 고민에 빠지지 않을 수가 없었다.

보통은 하 교수의 애장공간에 어려 있는 남다른 의학지식을 즐기는 기분으로 이 시간을 참여하는데, 단순히 재미만 찾기엔 상황이 매우 진지했다.

'살해위협이라니.'

애장품을 활용해 보는 것이 매번 즐거울 수는 없으나, 여태껏 거의 그래 왔기에 더더욱 썩 내키지 않는 기분이었다.

공포, 스릴러 영화? 볼 때는 좋다. 그러나 그게 바로 옆 동네에서 일어나는 일이라면? 민호는 환자의 사정을 생각할수록 머리만 도리어 복잡해졌다.

방 안에 있는 인원 모두 넋이 나간 표정을 한 것을 쭉 훑어본 하 교수가 환자에 대한 정보를 마무리했다.

"용의자는 연쇄 살인범이라 의심을 받고 있어. 다만 검찰에 송치해 기소할 만큼의 증거는 부족하고. 오로지 이 환자의 증언만 효력이 발생하는 상황인 거지. 알겠나?"

"알긴 뭘 압니까? 이거 저희가 해도 되는 케이스 맞습니까?"

정승기가 떨리는 음성으로 물었다. 하 교수는 "괜찮대도" 하고 전혀 신뢰가 가지 않는 웃음을 흘렸다.

48시간이 지난 뒤, 앙심을 품은 범인이 환자를 몰래 찾아와 증거 인멸을 하려 든다면?

시퍼런 칼을 손에 쥔 검은 비옷의 남자가 침대를 내리찍는 광경을 상상하던 민호는 닭살이 팔에 돋아나 몸을 부르르 떨었다. 환자를 시간 내에 치료하지 못한다면 생겨날 오만가지 문제는 그것만으로도 으스스한 일이었다.

"히어로. 오늘은 또 어떤 영웅적 센스를 보여줄 텐가?"

하 교수의 물음에 퍼뜩 상념에서 깨어난 민호는 난감하단 표정을 지었다.

"영웅적 센스요?"

"아까 최임혁 교수와 점심을 먹었는데 그 센스를 아주 입에 바르도록 칭찬하던걸?"

비밀로 남겨둔 일이기에 하 교수가 모든 걸 알고 있으리라 생각지는 않았다. 민호는 너무 기대 마시라는 웃음을 지어 보였다.

어쨌든 대충의 정리가 끝나자, 이제는 환자의 상태에 대한 분석이 우선이라는 생각이 들었다.

각종 병증에 대한 기발한 분석에 능한 하 교수의 지식에 응급상황에 대한 감이 범인을 뛰어넘은 최임혁의 지식까지 있는 지금, 방송을 위해서가 아니라 순수한 사회 정의를 위해서 움직여야 할 때…….

'뭔 정의? 으으, 하 교수님이 자꾸 히어로라고 부르니까 나까지 말리는 기분이야.'

민호는 고개를 좌우로 흔들어 상념을 떨친 후, 환자의 기록을 머릿속으로 눌러 담았다. 이런 건 최대한 빨리 해결해 버리는 게 좋다.

차트를 보며 한동안 환자의 정보를 암기하듯 중얼거리던 정승기가 고개를 돌렸다.

"교수님. 이 환자 말입니다. 용의자에게 죽을 뻔한 와중에 쉽게 진단할 수 없는 병까지 얻었다, 이겁니까?"

"올드페이스는 왜 그걸 따로 생각하지?"

"상식적인 질문을 한 것뿐입니다."

"오늘 기세 훌륭하군. 올드페이스. 어떤 식충이들을 선택하겠나?"

"선택이라니요?"

"진단에 대한 논의를 본격적으로 하기 전 팀을 나눠야지."

하 교수의 말에 민호도 놀라서 고개를 돌렸다. 그러다 현역 펠로우 셋이 시무룩하게 앉아 있는 모습을 발견했다.

"나도 따로 취급하고 싶지. 그런데 오전 내내 함께한 회의가 실패했거든. 우리과 에이스 문 인턴도 말이야."

민호가 문채은에게 고개를 돌리자, 그녀는 얼굴을 붉히며 시선을 회피했다.

정승기는 대답을 기다리는 하 교수에게 별 상관없다는 듯 말했다.

"그렇다면 지난번처럼 가죠."

"오, 복수를 노리시겠다?"

"비슷합니다."

"자신감은 좋아. 그럼, 회의 시작하자고."

하 교수가 차트를 들어 올리고 말했다.

"우선 두 사람 실력부터 볼까? 두통, 발작, 현기증과 호흡곤란. 그리고 발한과다증을 유발하는 병이 뭘까?"

정승기가 민호를 바라보았다. 민호는 점자시계를 터치해

정승기의 귓속말을 듣고 있기에 상대가 먼저 하고 싶어 한다는 것을 알아챘다.

'삼원 병원 종양내과 교수님의 의견이라.'

하 교수와 최임혁의 지식으로 번뜩이는 생각과는 달랐기에 민호는 나중에 하겠다는 신호를 보냈다.

정승기가 말했다.

"저는 갑자기 상승한 이 혈압 수치에 주목하고 싶습니다. 발작적 고혈압에, 두통, 발한, 심계항진까지. 이 모든 걸 한꺼번에 설명할 수 있는 원인은 현재로썬 하나뿐입니다. 크롬친화세포종. 주로 40대, 그것도 여성에게 더 쉽게 발병하는 병. 나이 대와 성별만 봐도 발병 범위 내입니다."

백만 명당 8명 정도가 걸리는 희귀한 종양.

민호는 단순 증상만 놓고 봤을 때는 이보다 더 확실한 병을 찾기도 힘들다고 생각했다.

'단지 증상만 놓고 보면 말이지.'

하 교수가 소리 없는 박수를 치더니 말했다.

"놀랍군, 올드페이스. 저 식충이들이 3시간 동안 헛다리짚은 것보다 훨씬 의미 있는 진단이야. 삼원 병원에서밖에 임상 치료가 없었던 희소질병을 잘도 집어냈어."

이 말에 정승기가 헛기침했다.

"85점 주겠어."

높은 점수. 정승기는 살짝 뿌듯한 기색을 내비쳤으나 이내 표정을 관리했다. 아직 확진된 것이 아니기에 지난번처럼 섣부른 만족은 금물이기 때문.

"그러나~ 내가 시작할 때 말했을 텐데? 이 환자, 처한 상황이 특이하다고."

"증상은 전부 들어맞습니다."

"다는 아니지."

"살인범, 용의자가 이 병과 대체 무슨 관계가……"

역시나 하 교수는 만족하지 않았다.

민호는 둘이 대화를 나누는 사이, 양옆에 앉은 이희철과 문채은을 돌아보고 속삭였다.

"하 교수님 오늘은 점수제로 사람들 기를 죽이시나 봐요?"

민호의 말에 이희철은 고개를 푹 숙이며 '난 35점이었어'라고 중얼거렸고, 문채은은 입을 꾹 다물고 '노코멘트'를 시전했다. 아마도 선배 이희철보다는 많으리라.

"좋아. 그렇다면 이에 대응하는 히어로의 의견은?"

하 교수의 타깃이 민호에게로 돌아왔다. 민호는 환자의 직업란을 가리키며 물었다.

"이분 직업이 상당히 특이하신데요?"

"직업에 포인트를 뒀구만. 우리 식충이들과 접근법부터 달라. 그래서?"

민호는 환자의 직업이 '국립과학수사연구소 부검의'라는 사실에 아까부터 관심을 두고 있었다. 해부병리학이라는 생소한 분야의 전문가. 일단 떠오르는 것부터 말했다.

"국과수에 근무하시는 분이라면, 상당한 시신을 부검했을 거예요. 그중에는 범죄에 연루된 질이 나쁜 시신. 아, 이건 고인을 비하하려는 말은 아니에요. 아무튼, 독극물, 마약, 각종 약품을 복용했을지 모를 시신을 다뤘겠죠. 그러다 보면 중독증상이 올 수 있습니다."

"브라보."

하 교수와 같은 관점의 의견이기에 다른 이들은 파격적이라 생각했으나, 민호는 최임혁의 지식으로 한 번 더 검토해 그것을 의학 논리로 세웠다.

"그리고 갑자기 높아진 혈압수치. 저는 이것이 발병의 시작이었다고 생각합니다. 용의자가 환자를 위협했을 때, 아드레날린이 상승해 순간적으로 올라간 것이죠. 아드레날린 분비 때 중독이 가속되어 응급상황이 발생했다. 어제 발병한 증상이니, 환자가 가장 최근에 접한 시신의 부검정보만 있다면 확인할 수 있을 것으로 추정합니다."

"90점 주겠어. 용의자와 증상을 환상적으로 엮었군."

하 교수의 말에 정승기가 작게 탄식했다. 물론, 정승기에게 의견을 개진한 종양내과 교수의 한숨도 함께.

"나는 이 순간 이런 생각이 들어. 우리 진단과 식충이들의 존재 의의가 뭔지. 이 훌륭한 일반인들을 보라!"

양팔을 쭉 뻗어 민호와 정승기를 가리키는 하 교수의 행동에 펠로우들의 얼굴이 붉으락푸르락 달아올랐다.

"뭐 하고 있나? 회의 끝났는데 움직여야지. 올드페이스 팀은 혈중 카테콜아민 수치 측정하고, 히어로팀은 부검정보 확보해."

회의실을 걸어 나온 민호의 옆으로 이희철이 어깨를 축 늘어트린 채 따라붙었다.

"민호 씨. 내 월급 떼어줄 테니까, 나 필요할 때 전화찬스 좀 쓸 수 있을까?"

"그건……."

"그렇지? 그럼 자존심도 없는 전문의가 되는 거겠지?"

하 교수의 방에서 전화를 받을 수 있다면 모를까, 민호는 웃음으로 때우며 뒤이어 나온 문채은에게 시선을 돌렸다. 그녀는 민호에게 바짝 다가서며 낮은 음성으로 물었다.

"저희 부검정보를 어떤 식으로 얻어와야 할까요?"

"글쎄요. 일단은……."

문채은은 하 교수의 압박에 안색이 아까부터 좋지 않았다. 요즘의 '메디컬 24시'는 아예 그녀를 전담하는 VJ까지 따라

붙는 상황이었기에 민호는 긴장을 풀어주기 위해 물었다.

"채은 선생님. 환자가 처한 상황 자체가 무서우셨던 거죠?"

위로하기 위해 꺼낸 말인데 정곡을 찔린 듯 그녀가 움찔했다.

"저도 환자의 사정 생각하면 막 떨려요. 하지만 괜찮을 거예요. 지금 환자 보호해 주러 온 강북경찰서 형사님들 엄청 든든한 분들이시거든요."

"형사님들을 아세요?"

"네."

'그중 한 분은 마주칠 때마다 무시무시한 심리적 압박을 걸어오시죠.'

민호는 환자의 병실 앞을 지키고 있다는 형사들에게 부검 정보 확인하는 것을 부탁할 생각이었다.

그러나 아까 헤어졌던 서철중과 마주치면 어떤 말을 해야 할지는 고민이었다.

'최임혁 교수님 애장품은 자주 빌릴 수 있으니까, 의학지식이 상당하다는 걸 살짝 어필해 볼까? 은하 씨가 언제 어디서든 위기에 처하면 응급조치를 완벽히 할 수 있다고.'

점수는 따놓을수록 좋은 거니까. 환자의 사정은 좀 무서워도 이것 하나만큼은 기대가 들었다.

"병실부터 가봐요, 우리."

민호의 말에 묵묵히 따르는 이희철과 문채은. 그 모습은 언제나처럼 VJ의 카메라에 고스란히 담겼다.

✹

7층에 있는 중환자 병동.

민호는 710호실 앞에 서 있는 조규철 경장을 보고 먼저 인사했다.

"안녕하세요. 경장님."

"어?"

"저 기억 나세요? 반장님댁 마당에서 삼겹살……."

"당연히 기억나죠, 강민호 맞죠?"

기억은 나지만, 왜 이곳에 있냐는 듯 의문의 시선을 던지는 조 경장에게 민호는 서철중 반장님이 어디 있는지부터 물었다.

"지금 안에서 피해자 살펴보고 계시는데 왜요?"

"잠시 들어가서 만나 봬도 될까요? 피해자와 관련해서 병원 측에서 확인할 일이 있다고 해서요."

"한번 여쭤 볼게요."

조 경장이 문을 열고 들어갔다.

촬영에 대한 양해부터 구해야 했기에 일부러 먼저 왔다.

두 사람의 목소리가 워낙 걸걸한 까닭에 밖에 있는데도 민호에게 들려왔다.

"반장님. 강민호 씨가 찾아 왔는데요?"

"민호 군이? 은하 때문인가?"

"피해자 때문이랍니다. 근데 저 강민호 씨, 은하랑 무척 친한 거 맞지 않습니까? 저번에 보니 은하가 무척 좋아하는 눈치던데. 하트 막 날리고."

"신경 꺼."

"왜요? 잘 어울려 보이던데. 반장님이 매번 호랑이처럼 굴면 은하가 어떤 남자를 데려오겠습니까?"

"입 닫고, 들어오라고 해."

허락이 떨어졌다. 민호는 옷매무새부터 정돈하고 기다렸다. 조 경장이 문을 열고 안을 가리켰다.

"들어오라고 하시네요."

조 경장에게 고개를 가볍게 숙여 보인 후에 민호는 안으로 들어섰다.

호흡기를 달고 있는 환자, 그 앞을 지켜선 서철중이 민호의 눈에 차례대로 들어왔다.

"무슨 일이지?"

실제 형사의 일을 하는 서철중의 모습은 평소와 분위기는 비슷했으나 눈빛만큼은 더 또렷했다. 본래 날카롭기도 했으나 거기에 살벌한 분위기까지 더해진 느낌. 민호는 위축되지 않을 수가 없었다.

'잘 보이긴 개뿔.'

목소리를 가다듬고 재빨리 용건을 밝혔다.

"진단과에서 환자분에 대한 검사를 진행 중입니다. 그것 때문에 왔어요."

민호는 회의 중에 나눴던 대화를 어느 정도 간추려 서철중에게 전했다.

"……만약 크롬친화세포종이라면 외과적인 수술이 필요한 치료가 될 겁니다."

"하 교수에게 대충 얘기는 들었지만, 치료가 쉽지 않나 보군. 그런데 자네 그 크롬이니 뭐니 하는 얘기를 어떻게 그리 쉽게 하나? 의대 나왔어?"

"그건 아닙니다. 예전에 퀴즈쇼 준비할 때 한창 공부한 덕을 좀 봤다고나 할까요?"

서철중은 새삼 다시 봤다는 듯한 시선을 보냈다.

"부검일지는 그 부검 대상의 보호자나, 수사 담당자의 허락이 필요해. 당장 보기는 시간에 좀 걸릴 수 있어. 민태희 법의관은 검찰 쪽에 넘어간 사건을 담당하고 있었을 거야."

"그…… 북부지검에 아는 분이 있는데 연락해 보면 될까요?"

"검찰에? 누구?"

"강윤정 검사라고 제 고모님……."

"강 검사님을 안다고?"

"반장님도 아세요?"

"강북서는 북부지검과 공조해서 수사할 때가 많으니까. 강 검사님은 자주 마주치지. 그분 정도면 금방 처리해 주실 거네."

말을 끝낸 서철중은 민호를 천천히 살피며 의외라는 듯한 표정이 됐다.

'나 지금 인맥으로 어필한 건가?'

집안에 난 사람이 있다는 것의 장점을 느끼며 만족해하는 민호에게 서철중이 말했다.

"자네, 그 회의에 참석했다면 이 환자의 사정에 대해서는 어느 정도 들었겠군."

"네, 살해 위협을 당했다고. 혹시 어떤 상황이었는지 알 수 있을까요? 정보가 많을수록 하 교수님이 병을 찾는 데 도움이 되거든요."

"정보라……."

병증 확인에 도움이 될 만한 자세한 정황을 들을 수 있을까 싶어 귀를 기울이는데, 서철중이 이전과는 다른 부드러운 목소리로 입을 열었다.

"민호 군."

"네."

"자네 직업이 뭐라고 했지? 프로게이머?"

"이제는 연예인이라고 해야 합니다."

"TV를 보는 사람들을 즐겁게 해주는 것이 목적이겠군."

"그렇죠."

"세상에는 말이네. TV 같은 것을 보는 것만으론 평범한 즐거움을 느끼지 못하는 자들이 있네. 그리고 그런 자들은 자네가 상상하는 것 이상으로 위험하지. 보통 사람의 심지로는 버티지 못할 만큼 아프게 틈을 파고들어. 그러니, 자세한 상황을 알려 하지 말게. 그냥 들은 그대로만 생각하게나. 정보는 하 교수에게 충분히 주었네."

마치 점잖게 아들을 타이르는 것 같은 그 말투에 민호는 그도 모르게 고개를 끄덕이게 됐다.

"범죄자를 상대하는 건 나 같은 형사의 몫이고, 자네처럼 때가 묻지 않은 친구들은 이런 일에서 거리를 두는 것이 좋아."

서철중은 일상적이지 않은 사건 얘기에 자신이 마음을 다칠 것을 염려하고 있었다. 민호는 반장의 그 따뜻한 의도에 놀라면서도, 오늘 점수는 확실히 딴 거 아닌가 하는 기분이 들었다.

"그나저나 이 환자 언제 깨어날지는 알 수 없나? 하 교수는 별말 없었어?"

"진단 확정을 위한 검사 지시만 내리셨어요."

민호는 안정제를 투여해 잠에든 환자에게 눈을 돌렸다.

병증과는 상관없이 심각한 고통과 발작을 일으키는 환자에게 스트레스를 주지 않기 위해 강제로 수면상태에 들게 한 것.

차트에 기록된 조치를 떠올린 민호는 서철중이 환자를 깨워 조사하고 싶어 하는 기색을 느꼈다. 그것이 아니라면 여기서 계속 지켜보고 있을 이유가 없다.

'환자가 서른일곱이라고 했었지?'

방부제를 바른 듯한 피부는 그렇다 치고, 나이에 비해 예쁜 편이 아닌 정말 미모가 출중한 얼굴에 약간의 감탄이 일었다.

타고난 미모에 부검의를 할 만큼 출중한 능력, 거기다 국과수라는 소속까지. 하 교수가 남편이 못난 것을 이상하게 생각하는 것도 무리는 아니었다.

"반장님. 그럼, 저는 이만 가보겠⋯⋯."

민호는 서철중에게 고개를 숙이다가 동작이 굳어졌다. 전방에 시선을 빼앗는 물건이 보였기 때문이었다.

침대 옆, 환자의 가방으로 보이는 것에서 살짝 삐져나와 있는 물건. 아마도 어느 노트의 끝자락 같아 보이는 그것에 지금 빛이 어려 있었다.

'부검의의 애장품이라고?'

민호는 이 와중에 만져보고 싶다는 욕구가 일어 상당한 갈등에 빠졌다. 보통 때라면 신기하다는 생각에 시도부터 해보겠지만, 환자의 사정에 연쇄 머시기에. 해부라는 행위 자체에 약간의 거부감이 든 상태였다.

"참, 자네 촬영이라고 하지 않았나? 아까처럼 카메라는 안 보이는군."

퍼뜩 애장품에서 시선을 돌린 민호가 황급히 대답했다.

"맞습니다. 그것 때문에 드릴 말씀이 있는데요."

"거절이네."

"네?"

"하 교수 방에서 찍는 거야 내 알 바 아니지만, 여긴 카메라 출입 금지. 혹시 방송을 타게 되더라도 환자 신변보호는 확실히. 모자이크, 변조, 가명. 알지?"

지키지 않으면 방송국에 쳐들어가겠다는 눈빛을 보이기에 민호는 머리부터 끄덕였다.

"제작진에게 전달해 놓을게요."

"수고하게."

방문을 나서자 VJ의 카메라가 대기하고 있는 것이 보였다. 민호는 고개를 저으며 물러서라는 서철중의 말을 전했다.

─어, 민호야. 민태희 법의관님이 병원에? 찾아서 바로 전달해 줄게. 근데 요즘은 법전 빌리러 안 오네.

"하하, 일 때문에요."

─누가 사시 준비하라든? 그러지 말고 조만간 한번 올래? 아니다, 언제 시간 내서 네 아버지 만나러 가려고 했으니까 그때 보자. 할 얘기도 있고.

"그래요, 그럼."

고모와의 짧은 통화를 마친 민호는 복도에 늘어서서 혈액 검사 결과를 기다리고 있는 사람들에게 시선을 던졌다.

크롬친화세포종의 특징인 고혈압은 과도한 카테콜아민 분비가 원인이다. 병이 걸렸다면 한계치의 2, 3배 정도의 농도를 보일 것이다.

달칵.

"어때?"

이희철이 올드페이스 팀이 나온 것을 보고 바로 물었다. 정승기가 씁쓸한 표정으로 고개를 저었다.

확진 실패.

지이잉.

민호는 고모에게서 온 문자를 확인했다. 카메라로 찍어 보낸, 환자 민태희가 최근에 부검했던 시신의 감정서였다.

하 교수의 방과 이어진 벽면에 손을 올린 채로 빠르게 훑었다.

'피부병 때문에 스테로이드 약품을 다량 복용한 시신이네.'

중요한 건 이 부분이었다. 민태희 부검의가 이 코르티솔 스테로이드에 다량 노출되어 면역력이 떨어졌다는 건 충분히 가능성 있는 말이었다.

코르티솔에 노출되면 일시적으로 피부미화작용까지 생긴다. 환자가 예뻐 보이는 것까지 증상으로 친다면 어느 정도 들어맞기까지 한다.

민호는 곧장 하 교수님의 방문을 열고 말했다.

"부검일지가 왔습니다!"

뒤이어 열린 진단과의 회의는 생각보다 싱겁게 끝났다. 단기간 스테로이드 노출이라면 독소가 배출되기 시작했을 테니 자연 치유될 것이기에.

진단명은 스테로이드 리바운드.

민호는 수액을 맞고 있는 환자가 깨어나길 기다리며, 그렇게 2시간을 보냈다.

사이사이 진단과의 외래진료일을 돕긴 했으나, 신경은

온통 목숨이 안팎으로 위험한 환자에게 가 있을 수밖에 없었다.

오후 4시, 외래진료업무가 종료되어 민호는 히어로팀 멤버와 함께 진단과 사무실에 앉았다.

"환자가 그 연쇄범 때문에 왔다고는 하지만, 하 교수님 때문에 낚인 느낌이야. 감이 안 오잖아."

이희철은 이제와 말한다는 듯 어깨를 쭉 펴며 '나 사실 안 쫄았어'라고 VJ의 카메라에 은근히 내비쳤다.

"민호 씨는 검찰청에도 아는 사람이 있었어? 그 분위기 죽여주는 형사반장님도 잘 아는 거 같고."

인맥을 부러워하는 이희철의 눈빛에 민호는 그저 웃을 뿐이었다. 문채은이 믹스커피 3잔을 타서 탁자 위에 올렸다.

"고마워요, 채은 선생님."

"땡큐."

민호와 이희철이 커피를 마시는 동안, 문채은은 진료일지를 정리하다 물었다.

"그런데 환자 남편분 본 사람 있으세요?"

민호는 고개를 흔들었다. 이희철은 갑자기 생각났다는 듯 고개를 끄덕였다.

"난 봤지."

"정말 그래요?"

"하, 뭐. 같은 남자로서 질투가 날 정도긴 하더라고."

얼마나 못생겼기에 하 교수가 그렇게 직접 이야기를 꺼낸 건지 민호도 궁금하긴 했다.

'돈 문제나 병리학적 문제가 아니라면, 정말 사랑해서 일까?'

하 교수의 방이 아니었기에 조금은 감성적인 공상을 해보는 민호였다.

그렇게 믹스커피를 다 비워가던 무렵.

삐삐.

문채은과 이희철이 차고 있는 신호기에서 동시에 호출음 이 울렸다.

"710호?"

민태희 환자의 방이었기에 세 사람은 번개처럼 사무실에 서 뛰어나왔다.

"깨어난 환자가 몸이 경직된 고통을 호소했습니다."

가장 먼저 도착한 간호사의 말에 방 안에 있던 이들의 시 선이 하 교수에게로 향했다.

"경직? 이봐요, 환자분. 몸이 안 움직이십니까?"

하 교수의 물음에 침상에 누워 있던 민태희가 고개만 가까 스로 끄덕였다.

"새 증상. 떠오르는 거 없어?"

이희철이 용감하게, '루프스?'를 말했다가 15점을 받고 침묵한 것 외엔 모두가 잠잠했다.

하 교수 방이 아니기에 민호도 뭔가 의견을 제시할 수가 없었다. 단지, 환자의 옆에 보이는 애장품에만 시선이 머물 뿐.

'저걸 만지면 치료에 관한 힌트를 얻을 수 있을까?'

만질 구실이야 얼마든지 찾아낼 수 있겠지만, 더 깊게 관여하면 좋을 게 없다던 서철중의 말이 마음에 걸렸다.

"환자에게 10년 전쯤에 교통사고를 당한 기록이 있습니다."

정승기가 신중하게 의견을 말했다.

"계속해 봐."

"그때 입은 오래된 상처가 이제 발병하지 않았나 싶습니다. 뼈나 신경, 혹은 갑상선의 손상 말입니다."

민호는 점자시계를 터치해 이번에는 삼원 병원 측 어떤 의사가 의견을 전해주고 있는지 들어 보았다.

'내분비내과의 교수님?'

하 교수는 무언가 깨달은 얼굴을 하고는 말했다.

"사고 기록이라. 안전띠를 하고 있었다면 어깨끈의 압박에 충분히 갑상선이 손상을 입을 수 있어. 95점."

높은 점수가 나올 법한 진단이었다. 특정한 병이 아니라 손상에 따른 증상이라는 의견. 전신 MRI촬영이 필요한 소견이었기에 아직 확진할 수는 없었다.

"히어로는 의견 없나?"

민호는 서철중까지 자리에 있는 마당에 뭔가 활약을 하고 싶긴 했으나, 최임혁의 지식으로 딱히 떠오르는 것이 없어 고개를 저으려 했다.

그러나 점자시계를 터치한 탓인지 환자 쪽의 호흡 변화와 몸 안의 소리가 그대로 느껴졌다. 더불어 환자 등골 쪽에서 비정상적인 내부 활동이 감지되어 기분이 싸해졌다.

"아……."

"아? 뭔가 생각났나?"

점자시계를 통한 진단이 아니었다면 말할 수 없는 의견. 그러나 일말의 가능성이 있다면 말하는 게 옳다. 그것이 비상식적이더라도.

"교통사고라면 또 다른 증상을 예상할 수 있습니다. 척수공동증. 이건 적게는 사고 2개월 후, 많게는 수십 년 후에 생기는 현상입니다."

외상 후, 포낭이나 액체가 찬 공동이 척추 내에 장기간 형성되는 현상. 경련, 고통, 지나친 땀 흘림, 감각 저하. 그리고 몸의 마비까지. 모든 것이 설명되는 병이라는 생각에, 최임혁 교수의 지식은 이미 확진을 내렸다.

"척수 공동증이라."

"그리고 갑상선만으로는 마비증상을 설명할 수 없습니다."

민호가 덧붙이자 정승기가 발끈하며 말했다.

"뼈랑 신경 손상도 있을 수 있다고 말했습니다."

"아니지. 올드페이스는 내과의 입장에서 갑상선 손상을 어필하기 위해 다른 장기를 언급한 것뿐이잖아."

"그거야……."

"그 삼원 병원 내과의한테는 '나이스'라고 전해 주고."

오늘 헛기침을 참 많이 하는 정승기가 또 헛기침했다. 하 교수는 민호를 보며 말을 이었다.

"척수 공동증을 진단할 수 있었던 이유는?"

"가, 감이요?"

환자의 몸을 지그시 살피던 하 교수가 말했다.

"현재는 히어로도 95점. 두 병증 다 MRI로 검진할 수 있으니, 최종 100점이 누굴지 곧 판별할 수 있겠군."

하 교수의 입에서 움직이라는 말이 떨어졌다.

곧 저녁 시간인 터라 MRI실부터 수배하기 위해 문채은이 달려 나갔고, 진단과 펠로우들은 이동 침대를 가져오기 위해 7층의 중앙사무실로 이동했다.

문이 열리자 밖에서 대기 중이던 촬영 팀이 보였다. 정승기가 먼저 나가 경과에 대한 인터뷰를 시작했다. 민호도 방 안에 남아 있는 인원에게 눈인사하고 나가려는데, 하 교수가 민호를 불렀다.

"히어로."

자꾸만 별명으로 부르는 것이 재밌는지 서철중이 픽 웃었다. 하 교수가 민호를 손짓하더니 말했다.

"방금 진단 말이야. 환자를 보고 뭔가를 느껴서 찾아낸 것 같았어. 나는 아무리 봐도 모를 무언가를 말이지."

"그, 그런가요?"

"최 교수가 입에 침을 바르고 칭찬해대던 자네만의 매력 때문인가?"

분야가 다르다 뿐, 논리적으로 따져 추론하길 즐기는 하 교수답게 민호의 능력에 관해 아주 어렴풋이는 짐작한 눈치였다. 민호는 언제나처럼 잡아 뗐다.

"열심히 하다 보니 어떻게 되네요."

민호가 쌩하니 밖으로 나갔다.

대부분이 준비를 위해 나가고, 하 교수와 서철중, 그리고 환자만 있는 방 안.

하 교수는 서철중을 돌아보고 물었다.

"형사님. 궁금한 게 있는데, 이 일이 환자의 증언이 꼭 필요한 사건입니까? 어차피 이 환자에겐 살해 위협을 당했다는 증언만 얻을 수 있을 텐데? 실제 그 용의자를 길게 잡아넣을 수 있는 증거는 없고."

"글쎄요. 수사기밀이라."

"오호라, 시간 끌기 같은 거?"

서철중은 표정의 변화 없이 하 교수와 시선을 마주했다.

"흠, 형사양반도 참 재밌는 성격 같단 말이지. 언제 술 한 번 합시다."

하 교수가 손을 흔들어 보이고 방 밖으로 나갔다.

그렇게 의사들이 모두 나가 버린 방 안.

서철중은 고통 때문에 안정제를 맞고 눈을 감은 환자를 보며, 다른 이가 있을 때는 보여주지 않았던, 깊은 생각에 잠긴 얼굴이 됐다.

MRI 결과 목 뒤편의 척수 부근에서 포낭이 형성된 것이 발견됐다. 수술로 제거하면 안정되기에 외과의사를 섭외하고, 모든 진단이 종료됐다.

"여러분! 이 자랑스러운 일반인을 보시오! 히어로가 환자를 살렸소!"

하 교수가 MRI실 앞에서 연극톤의 대사를 외치자 지나가던 병원 관계자들과 환자, 보호자들이 '뭐야?' 하는 시선을 보냈다.

민호는 낯부끄러운 광경에 고개를 숙였고, 정승기는 분하다는 표정을 억지로 참으며 박수를 쳐 주었다.

그리고 이 모든 각본 없는 해프닝은 '메디컬 24시' 제작진의 카메라에 담겼다.

저녁 6시가 되기 직전, 출연진들이 식당에 모여 하루 동안 겪은 일을 인터뷰하는 시간이 찾아왔다. 화젯거리는 단연 살해 위협을 받은 환자에 대한 이야기였다.

"민호 씨, 승기 씨. 우와, 살 떨려서 그걸 어떻게 했데? 나는 누구 목숨이 내 손에 달렸다는 소리 들으면 다리가 풀려서 못 일어날 거야."

자신이 간이 콩알만 함을 밝힌 정상욱의 말에 정승기는 단지 한 끗 차이의 진단이라고 끓는 속을 식혔다. 내과의 교수가 아니라, 신경과의 교수 조언을 받았다면 자신이 먼저 찾아낼 수 있는 병증이라고…….

'다 개소리지.'

정승기는 한숨을 푹 내쉬었다.

개인 인터뷰를 진행 중인 강민호를 물끄러미 지켜보던 그는 귓속에 숨겨두었던 통신기를 꺼내 쓰레기통에 넣었다. 지식으로 상대를 이겨보겠다는 생각은 깨끗이 포기다.

'기다려. 맨 앤 정글은 내 텃밭이 될 테니까.'

복수를 다짐하는 라이벌의 쓰라린 속을 저 녀석이 알긴 알까? 아무것도 모르겠다는 얼굴로 매번 기상천외한 짓을 해버리고 마는 것도 재주라면 재주겠지.

띠리리릭.

웃는 게 웃는 것이 아닌 얼굴로 앉아 있던 정승기는 휴대폰이 울려 발신자를 확인했다가 입을 꾹 다물었다.

'승미야. 넌 촬영 끝나고 꼭 보자.'

"수고하셨습니다, 민호 씨."

인터뷰를 끝낸 민호는 단체 저녁식사를 하기 전 잠깐 쉴 요량으로 휴게 터의 벤치를 찾았다. 그러다 한쪽 구석에서 심각한 얼굴로 무언가를 들여다보고 있는 서철중을 발견했다.

평소라면 발걸음을 휙 돌려 모른 척했을 것이다. 그러나 서철중이 들여다보고 있는 노트가 무엇인지를 깨닫고 멈칫할 수밖에 없었다.

부검의의 애장노트.

자연스러운 이끌림에 서철중 앞에 섰다.

"반장님. 식사하셨어요?"

"아, 민호 군. 아직 안했네. 은하 보름 동안 마주친 것보다 오늘 자네를 더 자주 보는 것 같아."

"하하, 그랬나요?"

민호는 슬쩍 애장품의 빛이 어린 노트를 살펴보았다.

"그거 혹시, 민태희 법의관님 건가요?"

서철중은 이 물음에 민호 쪽으로 고개를 돌렸다.

"맞네. 수술실에 있는 동안 잠깐 볼까 해서 들고 나왔지. 불법 조사니 모른 척해주게나."

알겠다고 고개를 끄덕이던 민호는 서철중이 왜 피해자의 물건을 조사하는 건지 의문이 피어올랐다. 연쇄살인범 혐의를 받는 이는 지금 서에 붙잡혀 있건만.

"맞다. 자네 의학지식 상당하지? 이게 뭔지 좀 말해 줄 수 있겠나?"

민호가 고개를 내려 보니 필기체로 복잡한 의학 용어들이 잔뜩 쓰여 있었다. 전부 해부학과 관련된 지식이었기에 가만히 읽으며 하나하나 풀어 얘기해 주었다.

"atlas와 axis 사이에 날카로운 침이 파고든 흔적. 아, 여기서 이건 고리뼈와 중쇠뼈를 얘기해요. 여기 목뼈 위쪽이요……."

노트에 담겨 있는 건 살해당한 시신에 관한 해부학 소견이었다. 다만, 부검일지와는 달리 살해 수법에 대한 인체의 부위별 묘사는 마치 소설책을 보는 듯 자세하고 생동감 있었다.

물론 의학적 지식이 충만한 상태였기에 자신만 그리 느낄뿐, 반장님은 '이게 무슨 소리야?' 하는 눈길이었다.

"pectoralis major. 이건 대흉근인데요."

"가슴 근육?"

"네. 거길 칼로 이렇게, 이렇게 베서 그걸 떼어 버렸다는 소견인데 나머지 글자는 의학 용어가 아니에요."

멍하니 설명하다 보니 너무 잔혹한 소리를 아무렇지 않게 늘어놓은 것 같아 민호는 잠시 말을 멈췄다.

"이 남은 글자는?"

"전혀 모르는 언어 같아요. 암호인가?"

민호는 혹시나 해서 눈앞에서 은은한 빛을 내는 있는 노트를 톡, 건드려 보았다.

화악, 하고 빨려 들어갈 것 같은 몰입감이 든 뒤, 민호의 시선에 부검실의 모습이 들어왔다.

부검의의 추억이리라.

소독약으로 손을 씻고, 수술 장갑을 끼는 것까지는 외과의와 비슷했다. 그러나 그 앞에 놓여 있는 장비는 전혀 달랐다.

큼지막한 원형날 전기톱. 날이 선 대형 펜치, 망치, 큰칼, 절단기⋯⋯.

공사장에서 쓸 법한 도구들 중에 칼 하나를 집어든 뒤에 누워 있는 시신 앞에 섰다. 그리고 가슴 부근을 U자형으로 과감히 절단해 버렸다.

'윽.'

민호는 움찔 놀라 시선을 민태희의 얼굴에만 던졌다. 예쁘니 그나마 낫다고 생각한 것도 잠시. 장기를 주물럭거리는 소리와 그것을 아무렇지도 않게 바라보는 그녀의 무심한 눈길에 아예 눈을 다른 곳으로 돌려 버렸다.

날마다 시체를 만지는 미녀라니. 어떤 영화에서도 보지 못한, 묘하게 소름 끼치는 장면이었다.

─간 윗변에 암조직. 괴사 조직도 보이는데, 이건 사망원인과는 무관한 것으로 보인다.

부검 집도의 민태희가 옆에 적출한 장기를 내려놓으며 소견을 밝히자 보조하는 연구사가 기록을 시작했다. 그리고 그 앞에는 부검 순간순간의 사체 촬영을 하는 사진사까지 있었다. 오늘 경험했던 수술실 같은 분위기나, 그 톤은 '환자를 살려야 해!'라는 희망이 아닌 어두컴컴한 공포였다.

─암으로 인한 사망일까요?

─조직 검사를 해봐야겠지.

─보호자가 암이어야 보험혜택을 받을 수 있다고 사정하더군요.

─그런 것까지 신경 써줄 의무는 없어.

더는 보고 싶지 않은 장면이기에 민호는 눈을 질끈 감았다
가 떴다.

이번에는 다른 시신 앞에 서 있는 민태희의 얼굴이 보였
다. 보조해 주는 사람도 없이 홀로. 이상한 것은 아까와는 다
르게 무표정이 아니란 사실이었다.

─목을 질식시켜 의식 저하를 유도한 상태에서 동맥 절단.
서서히 죽음을 느꼈을 거야.

이 말을 내뱉는 민태희의 얼굴에 담겨 있는 묘한 희열에
민호는 숨을 죽였다.

어째서?

어째서 부검의의 얼굴이 살인마처럼 보이는 것일까?

"민호 군."

"……네, 넷!"

민호는 추억에서 벗어나자마자 식은땀에 흠뻑 젖어 있던
자신의 몸을 바라보았다. 서철중이 왜 그러냐는 듯 민호의
어깨에 손을 올렸다.

"저, 반장님."

"응?"

"이 부검의. 혹시 범인으로 의심하시나요?"

뜬금없다 싶은 민호의 물음에 서철중은 껄껄 웃기 시작

했다.

"누가? 이 법의관이?"

"아니겠죠?"

"퀴즈쇼 준비하면서 추리소설을 너무 본 것 같군."

서철중이 방금 그 민태희의 얼굴을 못 봐서 그런다.

"하지만 여기 이 노트에 연쇄살인범이 사람을 죽인 수법을 분석한 내용이 테마별로 기록되어 있는걸요?"

민호가 무의식적으로 던진 말에 서철중이 멈칫했다.

"지금 뭐라고 했나?"

"연쇄살인범의 살인 수법?"

이 말을 한 민호도, 아까는 암호로 기록되어 있던 것들이 명확히 보이는 것을 깨달았다.

"그중에 혹시, 이 친구의 범행수법도 찾아 볼 수 있겠나? 이름은 진영민. 현재 '민태희 법의관 살인미수 혐의'로 서에 있지."

서철중이 품속에서 그의 형사수첩을 꺼냈다. 곰돌이 스티커가 붙은 귀여운 수첩. 그러나 그곳에 빼곡히 기록되어 있는 내용은 전혀 귀엽지가 않았다.

민호는 진영민에 대한 정보를 읽기 위해 애장품이기도 한 형사반장의 수첩을 건네받았다. 의도한 것은 아니나 그렇게 서철중의 경험이 머릿속을 파고들자 단박에 사건에 대해 이해를 끝마쳤다.

'으음.'

살인범의 피해자들에 대한 부검소견은 따로 컬렉션으로 만들어 소장하는 괴상한 취미를 가진 민태희.

그런 그녀가 찾아낸 결정적인 살인수법은 저 진영민이란 사람을 붙잡을 수 있을 만큼 파급력이 있는 증거라는 것이 서철중의 추론이었다.

그것 때문에 용의자 진영민이 민태희를 노린 것이고.

"혹시, 민 법의관님이 증언을 거부하신 건가요?"

서철중은 이야기를 나눌수록 민호가 알고 있는 범위가 늘어나는 것에 잠시 고민하는 눈치를 보였다.

"자네는 이 일이 안 두렵나? 섬뜩하다거나 끔찍하거나."

"무섭긴 하죠."

"그렇지?"

서철중은 이만하면 많은 정보를 얻었다는 생각에 그만하려 했다. 그러나 민호의 다음 말이 그의 마음을 움직였다.

"그래도 누군가 해야 하는 일이면. 전 하는 쪽에 서고 싶어요. 의외로 간은 크거든요, 하하."

거짓말, 허세라는 생각에 서철중은 민호의 표정을 주의 깊게 바라보았다. 하나 웬걸? 마치 내 등을 맡길 수 있는 든든한 동료 형사처럼 심지가 굳은 눈빛을 하고 있다.

오랜 형사생활을 하며 쌓아온, 사람 보는 눈만큼은 뛰어나다 자부해 온 서철중은 이번만큼은 모를 일이라는 생각이 들었다. 그저 순진한 청년인 줄로만 알았건만.

형사수첩을 들고, 형사처럼 생각하며 노트를 살펴보고 있던 민호는 서철중이 자신을 새롭게 보고 있다는 사실은 까맣게 모른 채로 그가 꺼낸 다음 말을 들었다.

"지금부터 수사협조에 관한 사항은 절대 함구해야 하네."

"알겠습니다."

"민 법의관. 용의자가 자신을 살해하려 들었다는 건 증언했지만, 나머지는 인정하지 않았네. 그렇게 되면 진영민은 살인미수의 형량밖에는 받지 않아."

"왜요? 진영민이 출소하면 민 법의관님도 위험하잖아요?"

"내가 아까 말하지 않았던가?"

평범한 것으론 즐거움을 느끼지 못하는 위험한 자들. 서철중은 민태희도 그 범주에 속한다 여기고 있었다.

살인범 마니아의 은밀한 취미.

더 파고들수록 소름만 끼쳤다. 형사에겐 최고의 수사정보로 활용될 수 있는 증거는 있으나, 문제는 그녀가 증언할 생각이 전혀 없다는 것이다.

노트로 살펴본 주인의 성향으로 '못생긴 남편'과 사는 이유를 생각해 보니 더 심각하게 간단했다.

위장막. 이슈가 생겼을 때 자신과 비교되어 사람들 구설에 올라주는 존재. 단지 그 이유였다.

'반장님, 이런 무시무시한 사람들을 일상적으로 상대하셨던 거였구나.'

민호는 알고 싶지도, 이해하고 싶지도 않은 불편한 세계였다.

"자네 같은 사람에게 이런 부탁을 하는 게 미안하네만, 그 증거가 노트에 있다면 꼭 좀 찾아주게나."

남의 경험에 확 빠져들어 공감하는 것이 때로는 부정적일 수도 있다는 것. 예전에 고모를 통해 경고를 듣긴 했어도 실제로 체험해 볼 줄은 몰랐다.

본의 아니게 노트와 형사수첩을 손에 쥔 민호는 이후, 수사협조라는 미명하에 그냥 머릿속에 떠오르는 것들을 그대로 말해 주었다.

반복적 범행. 인간 포식자로서 인간이 아닌 듯 행동하는 이 살인마의 수법에는 범행에 사용한 흉기를 애장품처럼 모아 소유하는 극악한 취미도 포함되어 있었다.

"있네요."

"있다고?"

"덫을 놓고 사냥하는 형태의 살인마. 구인구직란에 오디션 광고 같은 것을 넣어서 사람을 선별했다는데……."

"그런 것도 기록되어 있어?"

"민 법의관님이 실제로 찾으러 간 것 같아요. 그래서 흉기도 찾았고."

"거기서 진영민과의 접점이 생긴 거였군."

서철중은 이렇게 아니라는 듯 자리에서 일어났다.

"고마웠네, 민호 군. 마지막으로 한 번 만 더 도와주겠나? 민 법의관 수술실이 어디지?"

민호는 형사수첩을 들고 있어서인지, 막연히 불안하진 않았다. 부검의의 노트를 살피며 그 기묘한 성향을 들여다보는 건 끔찍했지만, 서철중의 저 강철 같은 눈길의 이면에 담긴 위험했을 형사생활을 공유하고 나니, 괜스레 존경심이 일며 돕고 싶어졌다.

그리고 더는 형사반장의 눈빛이 부담스럽지 않게 느껴진다는 것은 가장 마음에 들었다.

수술 준비실의 문이 열리며 서철중과 민호가 들어섰다. 민호가 준비실을 훑은 뒤에 서철중에게 말했다.

"아직 마취 안 들어가셨네요."

서철중이 대기 중인 의사와 간호사에게 긴급한 수사 때문에 5분만 자리를 비워 달라고 요청했다.

강압적이긴 하나 무시 못 할 카리스마에 준비를 담당하던 레지턴트가 '집도의에게 연락하겠습니다'하고 발을 뺐다.

그렇게 서철중은 민태희에게 다가섰다. 통증 때문에 지그시 눈을 감고 있던 민태희가 고개를 돌렸다. 서철중이 민호에게 물러나라는 눈빛을 보냈다.

'내 역할은 여기까지야.'

민호는 수술 준비실 밖으로 걸어 나와 끝났다고 생각했으나, 그럼에도 안쪽의 대화가 궁금해지는 것은 어쩔 수 없어 점자시계를 터치했다.

―민 법의관. 이 사진 보이시오?

아까 보았던 평범한, 평균적 체형이라 생각되는 용의자 '진영민'의 모습이 민호의 머릿속에 떠올랐다.

―사진이야 보이네요.

민호는 감정이 기복이라고는 전혀 없는 그 목소리 속에서 얼음장 같은 한기를 경험하고 혀를 찼다.

―내가 아는 친구가 꽤 유능해서 말이오. 당신의 이 노트를 읽을 수 있더군.

―웃기는 소리군요.

―진영민이 피해자를 살해한 수법을 자세히도 기록해 놓았어. 경찰청의 부검자료에는 없는 것까지. 이를테면, 깨끗한 절단면을 만들어낸 도구가 일반 칼이 아닌 외과의의 메스라는 것까지.

들려오는 민태희의 호흡에는 당황한 듯한 거친 숨이 가미됐다.

─이상한 분이군요. 제가 모를 소릴 하시네요.

─'이'상한 분이 갈 곳은 치과고. 여긴 외과잖소.

난데없이 발휘된 서철중의 아저씨 개그에 민호는 입을 떡 벌렸다.

─그깟 농담하시려고 제 수술을 미루신 건가요?

─웃지 않길래 말이오.

베테랑 형사가 무시무시한 인간을 대하며 멘탈을 유지하는 방법. 그건 시답잖은 유머에도 잘 웃는 저 개그 센스에 있을지도 모르겠단 생각이 들었다.

─아이스크림이 교통사고를 당했는데 왜 당했을까?

서철중이 묻고 바로 답했다.

─'차'가 와서. 푸흐흐.

계속해서 이어지는 농담 따먹기.

민호는 보지 않아도 알 수 있었다. 민태희가 '차가워서 뒤지는 게 어떤 건지 보여드려요?'라는 눈빛으로 서철중을 쏘아보고 있으리란 것을.

─그만하라고 했어!

민태희가 감정을 드러냈다. 화를 돋우자마자, 서철중이 진지한 어조로 말했다.

－진영민이 범행에 사용한 도구. 다른 것도 발견한 것이 있다면 알려 주시오. 그 외에는 증언이고 뭐고 당신에게 아무것도 묻지 않겠소.

－왜 내가 그걸 알 거라 생각하죠?

－진영민 따윈 새파란 신인이잖나. 당신 입장에선 귀여울 뿐이지.

이어지는 침묵.

－그 노트, 누가 해석했다고요?

엿듣던 민호의 등줄기가 서늘해질 정도의 질문이었다.

－그런 사람이 있소. 형사가 신뢰하는 친구.

"민호 씨, 여기 계셨네요. 야간 응급실 투입 지금 시작합니다!"

"아, 갈게요."

촬영 팀의 FD가 민호에게 빨리 오라고 손짓했다.

민호는 안의 상황이 정리되어 가는 것을 들었음에도 오늘 잠은 다 잤다는 생각이 들었다. 악몽을 꿔도 무척 심한 악몽을 꿀 것 같았다.

강북경찰서, 조서실.

"진영민. 이렇게 나올래? 살해 현장 근처에서 널 목격한 증인만 수두룩 빽빽하다고."

거친 말투. 소매를 걷어 올려 굵은 팔뚝을 과하게 과시하던 박문호 경사가 눈을 부라리며 피의자와 시선을 마주쳤다.

진영민은 전혀 당황하지 않은 채로 그런 박 경사를 올려다보았다.

"천천히 하쇼. 아직 12시간 남았는데 몸 상하겠수다."

"이 자식이!"

탁자를 꽝 내려친 박 경사가 외쳤다.

"너 대한민국 경찰의 범인 검거율이 얼만지 알아? 세계 1 등이야."

따분한 진영민의 표정.

"116%다!"

"그런 확률이란 건 보통 100% 이하로 수렴하지 않나?"

"네가 그 여분의 16%가 될 수 있다고, 짜식아. 계속 그리 나오면 죄가 없어도 불게 될 거다."

"그건 내 변호사에게 말해 두지."

지능범. 그것도 지독할 정도로 완벽한 녀석은 좀처럼 흔들릴 생각을 하지 않았다.

"아우, 울화통 터져."

담배만 무지 당기는 박 경사가 답이 없다고 생각하고 있을 즈음, 취조실의 문이 열리고 하루 종일 보이지 않았던 반장이 모습을 드러냈다.

"자백받았어?"

"면목없습니다."

"잘했어."

"네?"

"자수하면 정상참작 되잖아."

"하지만……."

"저놈 물 먹은 컵 있지? 그거나 가져와. 국과수에 넘겨 DNA 대조해 봐야 하니."

서철중의 말에 진영민이 고개를 돌렸다. 지난번 부검의에게서 강탈해 온 것. 그건 이미 한강 어딘가에 버렸다. 그리고 나머지는 절대 들키지 않을 곳에 고이…….

"증거를 아주 컬렉션으로 모셔두고 있더라고. 첫 번째 피해자를 살해한 그 모텔 천장에 하나. 두 번째 피해자를 살해한 호텔 지하……."

진영민은 서철중에 손에 들린 나머지 여섯 개의 물건들 보고 눈이 커졌다.

수요일이 끝나기 10분 전.

"민호 씨, 고생했어. 교대 2시간 남았으니 눈 좀 붙여."

"아우, 네. 잠깐 세수 좀 하고 올게요."

민호는 하품을 하고, 응급실의 휴게소에서 벗어나 복도로 나왔다. 그리고 수술실이 늘어서 있는 층으로 움직였다.

저녁의 섬뜩한 난리 덕분에 정신없던 터라 차마 여길 올 생각을 못 하고 있었다. 그래도 이젠 가슴이 좀 진정된 까닭에 애장품의 천국인 이곳에서 가장 탐이 나는 것을 만져볼 시기가 왔다.

'몇 달을 노력한 거야?'

길다면 긴 시간이었다. 민호는 약간의 긴장과 함께 AN 병원의 제1수술실 외벽 앞에 섰다.

'후우.'

한차례 심호흡을 한 뒤에 손을 뻗었다.

툭.

그렇게 30초가량 지났을까? 아무런 느낌이 없어 '또 실패야?' 하고 고개를 돌리는데, 불이 꺼진 수술실 안에서 누군가 걸어 나오는 것을 보았다.

닫힌 문을 통과해 모습을 드러냈기에 민호는 상대가 애장 공간의 주인, 이국철 교수라는 것을 한눈에 파악했다.

"아, 안녕하세요."

말없이 자신을 바라보던 이국철 교수가 허리춤에 꽂아놓

은 최임혁 교수의 의학서를 가리켰다.

"맞아요. 이것 덕분에 최임혁 교수님과 비슷한 실력을 갖추게 됐습니다. 아마도 계속 빌릴 수 있을 것 같아요."

그래서 어떻게 활용하겠냐는 진지한 물음이 담긴 눈빛이 전해졌다.

'최 교수님이 수술 끝나고 뭐라고 하셨더라?'

─기적을 만들어 낼 수 있을 때, 그것을 행할 수 있는 능력을 갖춘 사람이라면, 나는 당연히 최대한 사용해야 한다고 보네. 민호 자네 말이야. 자넨 이미 '신의 손'을 갖고 있어.

그러면서 제3국의 의사 면허 시험이니, 러시아 의대는 개인 커리큘럼을 짜서 능력만 되면 조기 졸업할 수 있다느니 하는 얘기를 했었다. 그러나 저 이국철 교수는 의사의 자격을 묻고 있는 건 아닌 듯했다.

'각오?'

문득 대장군이 했던 말이 떠오른다.

"누군가를 살릴 수 있다면, 어떤 희생을 각오해서라도 살려내겠습니다."

말은 내뱉었으나 뒤에 "제가 다칠 상황만 아니라면요" 하고 단서를 덧붙여 차마 지키지 못할 선언은 하지 않았다.

한동안 민호를 바라보던 이국철 교수가 손을 내밀었다.

그렇게 나눈 무언의 악수.

민호는 주황빛의 외벽에 담긴 그 무언가가 스르르 흡수되어 손 안에 담기는 것을 보았다. 그리고 몸이 붕 뜨는 느낌과 함께 수술방을 통과해 병원 건물 전체가 한눈에 보이는 위치까지 몸이 날아오르는 환영을 경험했다.

'뭐, 뭐야?'

비행기의 애장공간 '갤리'와 흡사했다. 저 안에 있는 모든 사람의 상황을 한눈에 이해할 수 있을 것만 같은 기분.

이건 하우선 교수의 치밀한 논리도, 최임혁 교수의 동물적인 감도 필요 없는 그저 하나의 능력이었다.

숨 쉬는 것처럼 편안히.

민호는 AN 병원 서관 건물에 있는 환자 217명의 병명과 수술 방법이 머릿속에 선명하게 떠오르는 것을 느끼고 입가에 미소를 그렸다.

환자의 사연, 아픔, 죽음에 대한 두려움. 그 모든 것이 어우러진 이야기는 제1수술실 안에서 한낱 병에 지나지 않았다. 한줌의 숨만 붙어 있다면 누구든 살려낼 것이라는 이국철 교수의 단호한 의지가 민호에게도 전해졌다.

"제3국에 가면 1년 안에 의사면허를 딸 수 있다던데. 의사 숫자가 너무 부족해서. 차라리 국경 없는 의사회를 지원하라고요? 생각은 해보겠습니다. 저 아직 젊으니까요."

털썩.

아침부터 내내 쉬지 않고 움직인 까닭에 피로가 몰려왔다. 수술방 복도 의자에 기대어 가만히 졸기 시작하는 민호. 현실에선 제약이 많지만, 꿈나라에선 217명의 수술을 하나하나 집도해 살려낼 수 있기를…….

"민호 씨, 왜 여기서 자요?"

지나가던 누군가 그런 민호의 몸에 얇은 담요 하나를 걸쳐주었다.

지이잉.

민호의 주머니 속에 있던 휴대폰에 문자 하나가 왔다. 반사적으로 손에 쥔 민호는 잠결에 확인하려다 그대로 손을 축 내렸다.

[아빠가 방금 들어오셨는데 이상한 소릴 하시네요. 제주도 가면 민호 씨 옆에 꼭 붙어 있으라고. 세상에, 이게 말이 돼요? 아빠가요! 민호 씨 또 무슨 일을 한 거죠?]

———

Object : 감정이 메마른 부검의의 데스노트.

Effect : 사망자의 죽기 직전 상태를 완벽히 추론할 수 있다.

Relic Space : AN 병원 제1수술실.

Effect : 병원 안, 외과분야 스페셜리스트의 눈으로 환자의 모든 상황을 이해할 수 있게 된다.

77.
블록버스터 리얼(1)

"다 왔습니다, 민호 씨."

"으음~ 몇 시예요?"

"9시 반 정도 됐습니다."

밴의 의자에 몸을 파묻고 있었던 민호는 공 매니저의 음성에 크게 기지개를 켜며 고개를 들었다. 이곳은 KG 사옥의 지하 주차장 안이었다.

공 매니저가 등을 돌려 피곤을 염려하는 듯한 시선으로 민호를 바라보았다.

"회의는 10시로 잡아 놓았습니다만, 임소희 사장님이 무리하지 않으셔도 되니까 내일쯤 미팅을 해도 된다고 하셨습니다."

"내일이요?"

아주아주 중요하고, 반드시 참석해야 할 여행 당일에 회의?

자칫 제주도행 비행기라도 놓치면 큰일이다. 민호는 무슨 그런 소름 끼치는 말씀을 하시냐는 듯한 눈길을 슬며시 보냈다가 대답했다.

"스케줄 가기 전에 만나 뵙는 게 좋겠어요. 일단 좀 씻고요."

2시간씩 교대긴 하지만, 촬영 간에 잠은 어느 정도 잤다.

공 매니저가 고개를 끄덕이며 바로 다음 준비사항을 말했다.

"안무실 옆의 샤워시설 비워놨습니다. 김 코디는 메이크업실에 민호 씨 타임 잡아 놓고. 이번 CF는 제이 킴 실장님만의 스타일링이 필요하니까."

"그럴게요. 참, 옷은 정장 맞죠? 오늘 광고가 스마트한 도시남자 스타일이라고 들었어요. 민호 형, 이거 봐보실래요?"

김 코디가 새로 협찬받은 슈트를 꺼내 보이며 '때깔이 죽여주죠?' 하고 뿌듯해 했다.

"나쁘지 않네. 샤워실 옆에 놔줘. 바로 입게."

"네, 형."

광고 촬영 콘셉트는 지난 노트북 때와 마찬가지로, 특수요원 'L'이 나와 활약한다고 들었다.

민호는 요원의 반지를 이용하면 되겠거니 막연히 생각하며 밴에서 내렸다.

똑똑.

"강민호입니다."

머리가 아직 물기에 젖어 있는 민호가 사장실의 문을 열고 들어왔다. 소파에 앉아 있던 임소희는 민호를 보자 빙긋 웃으며 앞에 앉으라고 손짓했다.

"어서 와요. 밤샘 촬영하고 피곤할 텐데, 어쩔 수 없이 강민호 씨의 시간을 뺏게 됐어요. 사과드리죠."

임소희의 배려 넘치는 발언에 민호는 몸 둘 바를 모르겠다는 얼굴이 됐다.

"무슨 사과까지. 언제든 불러만 주세요."

"아니요. 이제는 정말 중요한 문제 아니면 민호 씨의 의사를 최대한 존중해야겠다고 마음먹은걸요. 차는 녹차로?"

임소희의 기품 있는 목소리를 통해 뭔가 중요한 문제로 자신을 불렀음을 듣게 되자 민호는 부담이 배로 늘어났다.

오늘은 또 무슨 칭찬을 섞어서 은근히 귀찮은 일을 권할지 모를 일이기에.

민호는 어차피 얻을 부담, 단도직입적으로 물었다.

"어떤 일 때문에 절 찾으신 거죠?"

"일단 화면 좀 보시겠어요?"

임소희가 리모컨을 들어 벽에 붙은 대형 모니터를 켰다. KG엔터테이먼트를 비롯해 대형 기획사라고 알려진 회사들의 주가 변동 그래프가 모습을 드러냈다.

6월부터 꾸준하게 상승과 하락을 반복 중인 다른 회사와는 달리 KG엔터만은 급격히 꺾여 치솟는 구간이 있었다. 임소희가 바로 다음 화면을 넘겨, 민호가 지금껏 해왔던 스케줄을 주 단위로 나누어 그래프에 겹쳤다.

"보이시나요? 민호 씨의 훌륭한 활약이?"

'보이긴 보입니다만······.'

민호가 마지못해 고개를 끄덕이는 사이, 임소희가 브리핑하듯 활력 넘치는 톤으로 말을 이었다.

"민호 씨가 방송에 출연하거나 화제에 오른 경우, KG의 브랜드 가치는 동반 상승했어요. 특히, 최근에는 극상승 곡선을 그리는 중이죠. 그 출발점은 아무래도 여기. 드라마에서 완벽히 다른 사람이 되어 등장한 날. 여길 시작으로 민호 씨의 기사 숫자가 눈에 띄게 늘어났어요. 기자들이 특정 연예인의 기사를 많이 작성하는 이유는 하나거든요. 팬들이 찾으니까."

임소희가 레이저 포인터로 민호의 스케줄과 KG엔터의 주식 증가량을 하나하나 짚어 주었다.

"그러나 이것은 단지 여성 팬들만 늘어났기 때문이 아니에요. 영화를 대비해서 카메라 테스트 촬영을 했던 날. 이때 천만 뷰를 찍은 민호 씨의 스턴트 영상을 본 주 시청층은 20~30대 남성이었어요. 팬층이 두껍다는 증거죠."

"그, 그랬군요."

칭찬이 더해질수록 뭘 떠맡기려고 그러는지 심리적 압박감만 늘어났다.

"민호 씨의 인기가 KG의 가치상승과 동일하다는 것. 무슨 뜻인지 알겠어요?"

"음…… 좋은, 걸까요?"

임소희는 별다른 감흥이 없어 보이는 민호를 보며 미소를 지은 채 말했다.

"이제는 강민호 씨가 저희 KG를 대표하는 스타가 됐다는 뜻인 거죠."

'대표?'

레이블 때문에라도 대표라는 직함이 붙는 것에 상당한 거부감을 가진 민호에게 임소희의 부드러운 눈길이 잠시 머물렀다.

"한 인물에게 대중의 사랑을 집중시키기는 회사가 아무리 투자하고 노력해도 한계가 있어요. 그것을 단지 5개월 만에

이 정도까지 끌어 올린 건 전적으로 강민호 씨의 매력 덕분이에요. 연예계의 역사를 새로 쓰고 있는 거죠. 지금 이 순간도 말이에요."

"아…… 그, 너무 거창한 포장 같아요, 사장님."

"그랬나요? 저만 이렇게 들떴군요."

임소희는 눈웃음을 지었다가 화면을 다음 장으로 넘겼다. '월드스타를 위한 투자 계획'이라는 제목을 본 민호는 마시고 있던 녹차를 캑캑거리며 삼켰다.

민호가 '저를 말하는 건가요?'라는 눈빛으로 쳐다보자 임소희는 고개를 끄덕이며 가볍게 웃었다.

"워, 월드스타요?"

"월드스타라는 말이 한국에서만 쓰는 가벼운 단어긴 하죠. 전 세계에서 가장 영향력 있는 사람, '셀러브리티를 목표하는 투자 계획'이 옳겠죠. 하지만 4분기 사업보고회에선 강민호 씨를 강하게 어필할 자극적인 단어가 필요하거든요."

"단어 뜻이 문제가 아니라……."

당황한 민호의 중얼거림을 못 들은 척 임소희가 말했다.

"강민호 씨의 인기는 더 빠르게 오를 거예요. 이건 연예기획사를 운영해 온 제 경험만으로 하는 소리가 아니에요. 주말의 그 공연 때문에 파리의 유수 클래식 언론까지 민호 씨를 인터뷰하고 싶다고 의사를 전달해 왔고, 오드리 향수 모델은 저로서는 생각지도 못한 대박 계약이었죠. 박중호라는 대가수가 민호 씨 때문에 상처를 딛고, 10년 만에 앨범을 발표한다는 소식은 어떻게 언론에 풀어야 할지 감조차 오지 않는 일이고요."

"크흠."

"두루뭉술 말하니 감이 안 오죠? 강민호 씨만 승낙하면 바로 시작하겠다는 신규 예능방송만 두 자릿수. 그것도 베테랑 PD들이 제안한 것만 추려서요. 광고 러브콜은 숫자를 세기도 힘들고, 쌓여 있는 드라마와 영화 시나리오는 회의실을 가득 채울 정도예요. 예능, 광고, 드라마, 영화 담당 실장들이 민호 씨 시간 좀 내달라고 애걸복걸하고 있어요."

심상치 않은 일을 맡길 것을 예감한 민호는 얼른 선수를 쳤다.

"그러니 점점 바빠진다는 말이겠죠? 하하. 뭐든 열심히 하겠습니다."

"아니요."

"아니에요?"

임소희는 신중한 목소리로 대답했다.

"신인처럼 몸을 혹사해 가며 무리한 스케줄을 감행할 이유가 없어요. 저는, 이제부터 강민호 씨가 어떤 월드스타가 될지 그 정체성을 선택해야 할 시기라고 생각해요."

"정체성이요?"

열심히 하지 말라는 요구에 민호는 오히려 어안이 벙벙해졌다.

"지금껏 강민호 씨가 보여준 매력들은 하나하나 빛이 나는 것들이었어요. 스마트한 연예인이라 포장하기에 벅찰 정도로 다양하게 말이죠. 이제는 그 매력 중 가장 빛나는 것 하나를 갈고닦아 보여줄 차례예요. 스케줄은 더 줄이고, 민호 씨의 취향과 수준에 맞는 것만 택해서 격을 상승시키는 거죠. 한국이라고 해서 전 세계인들이 좋아하는 연예인이 나오지 말란 법 없으니까요."

대형 모니터 화면 속으로, 강민호의 월드채널 동영상 사이트가 개국됐다는 정보가 떠올랐다. 그리고 KG에서 해외를 무대로 활동 중인 다른 그 어떤 스타들보다 우선시되고, 최고의 지원을 받게 하겠다는 내년도 계획들이 이어졌다.

'으음……'

민호의 머릿속으로 월드스타니 KG를 대표하는 얼굴이니 하는 말들이 휙휙 오갔다. 인기를 얻고 사람들에게 인정받는 건 기분 좋은 일이다. 그러나 자신은 인기만을 우선으로 활동할 이유가 없었다.

"사장님."

"네, 민호 씨."

"이건 진짜 본심을 말할게요."

진지한 그 음성에 임소희는 리모컨을 내리고 경청하겠다는 눈빛이 되어 민호를 바라보았다.

오소라는 이른 아침부터 메이크업실의 대기석에 앉아 콧노래를 부르고 있었다.

CF 촬영. 그것도 유명 이동통신 회사를 대표하는 휴대폰 광고를 찍는다는 것은 그 시대를 대표하는 인기 연예인이 됐다는 말과도 같았다.

'민호 오빠 덕이긴 하지만.'

아침의 출근길, 부러움이 가득했던 펑키라인 멤버들의 시선에 얼마나 뿌듯했던지.

―이번에 새로 나온다는 폰 맞지? V5. 입간판 세우고 막 그러는 거야? 짜리몽땅하긴 해도, 소라 언니 비율은 좋으니까.

―대에박! 뱃살 관리해야겠네. 소라야. 사진 찍을 때 훅훅 숨 들이쉬어.

―그거 뽀샵인가 하잖아. 허리 줄이고 다리 늘리고 해서 괜찮을걸? 댓글로 욕 안 먹게 적당히 해달라고 해, 언니.

─이것들이!

물론, 너무나도 직설적인 의견에 인상을 좀 쓰긴 했지만 말이다.

'오늘은 최대한 예뻐 보여야 해. 실장님한테 특별 예약도 해놨으니까.'

제이 킴의 마법을 기대하며, 오소라는 거울 앞에서 작업 중인 스타일리스트의 가위에 시선을 던졌다.

사각사각. 미를 창조하는 저 손놀림은 언제 보아도 기분이 좋았다. 그러고 보니, 예전에 민호가 만져주었던 머리 스타일도 상당히 괜찮았었다. 멤버들은 물론, 청춘일지를 촬영하는 걸세븐의 부러움까지 샀었지.

'그때는 팔짱도 마음대로 끼고. 부담도 없고 좋았는데.'

고백했다 차인 이후, 눈치가 보여서 마구 들이댈 수가 없었다.

"으휴."

그렇게 멍하니 시선을 던지고 있는 오소라의 귓가로 그녀가 기다리던 목소리 하나가 날아들었다.

"어이, 전우. 밥은 잘 챙겨 먹었나?"

오소라는 고개를 돌렸다가 말끔한 슈트를 차려입은 민호를 발견했다.

"왔어요, 오빠."

인사하며 민호의 전신에 그녀도 모르게 시선이 갔다. 역삼각형의 체형에 팔목 사이로 언뜻 보이는 미세한 잔근육은 스물셋 처녀의 가슴을 진탕시키기 충분했다.

'욕구 불만인가, 나. 오늘따라 몸만 눈에 들어와. 민호 오빠 운동은 또 언제 저렇게 했데? 자꾸 멋있으면 계속 들이대고 싶어지잖아.'

행여 속마음을 들킬까 새침한 표정을 지으며, 오소라는 일부러 민호의 시선을 회피했다. 그러나 그것은 한순간일 뿐. 바로 이어진 민호의 말에 그녀는 반응하지 않을 수 없었다.

"가만. 간밤에 너무 잘 먹은 거 아니야? 왜 오늘도 눈이 안 보여?"

"진짜요?"

황급히 양손으로 눈을 가리고, "풀만 먹었는데"라고 중얼거리는 오소라의 옆에 민호가 털썩 앉았다.

"농담."

"우이씨!"

씩 웃는 민호, 괜히 식겁한 오소라는 차갑게 눈을 흘겼다.

"어허, 주먹 내리시지 말입니다."

"그건 무슨 말투예요?"

"군대. 전우한테는 이런 말투 쓰는 거야."

"오빠, 저한테 죽기 직전이지 말입니다."

"잘하네. 이거나 먹어."

손에 쥐고 있던, 천하장사 그림이 그려진 소시지를 오소라의 입에 물린 민호는 하나를 더 까서 자신의 입에 넣으며 말했다.

"피아노는 열심히 치고 있어?"

"피아노요?"

"약속했잖아. 내가 듀엣하면 네가 피아노 반주하기로. 곡은 꼭 피아노 솔로가 들어가는 곡이어야 해."

"그거 농담 아니었어요?"

오소라는 눈을 동그랗게 뜨고 민호를 보았다. 민호가 전혀 아니라는 듯 소시지를 오물거리는 와중에도 고개를 크게 흔들었다.

"피아노 포기하지 마. 잘하면 곡 하나 내가 받아 올 수도 있어."

"누구요? 이설이? 상건 선배님?"

"아니, 있어. 되게 따뜻한 노래 만드시는 분이."

누군지 무척 궁금했으나 대답해 줄 것 같진 않았다.

"근데 오빠, 제 콘셉트 섹시인 거 알잖아요. 피아노 치면서 어떻게 콘셉트를 지켜요."

"소라야."

민호가 진지한 눈빛으로 입을 열었다.

"아이돌의 섹시에는 한계란 없는 거야. 그리고 타이틀곡도 아닐 텐데 뭐 어때."

언제나 그렇듯 제대로 파악할 수 없는 말을 하는 민호를 물끄러미 지켜보며 오소라도 입에 든 소시지를 맛있게 먹기 시작했다.

'뭐가 됐든, 오빠랑 듀엣하면 시키는 대로 할게요.'

흘끔, 슈트 사이로 내비치는 민호의 가슴팍을 바라본 오소라는 남몰래 눈웃음을 지었다. 온종일, 저 몸을 실컷 감상할 수 있게 생겼다.

오전 11시 30분.

ST 이동통신의 휴대폰 광고 촬영장소로 예정된 파주 액션 스쿨 야외 세트장은 준비하는 스태프들보다 팬의 숫자가 더 많아 시장통 같은 분위기였다.

수요일 밤부터 지금까지, 내내 실시간 검색어 1위에서 내려오지 않고 있는 한 남자를 모두가 기다리고 있는 상황 속에서 검은 선탠이 되어 있는 밴 하나가 촬영장에 도착했다.

"저거 KG 밴이지?"

"강민호다!"

"꺄악, 민호 오빠!"

삽시간에 사람들이 밴 옆으로 몰려들어 건물 밖의 거리가 혼란의 도가니에 빠져들었다.

민호는 창문 밖에 시선을 던졌다가 철퍼덕하고 유리에 뺨을 붙인 여고생 팬을 보고 움찔 놀랐다.

"사람들이 왜 이리 많지?"

"그러게요."

오소라도 평일인 데다 시외라 할 수 있는 이곳에 사람들이 저리 몰린 것이 신기한지 창밖을 보며 입을 벌렸다.

"민호 씨를 직접 볼 수 있는 유일한 공식 스케줄이니까요."

운전석의 공 매니저가 미소를 지으며 말했다.

"방송국이나 병원 촬영은 비공개로 진행돼서 팬들이 보고 싶어도 볼 수 없지만, CF는 광고주 쪽에서도 화제에 오르길 원하거든요. 아마도 오늘 촬영은 전부 공개 촬영을 할 겁니다."

오소라는 감탄했다는 듯 민호를 보며 엄지를 들어 보였다.

"오빠, 조만간 KG 사옥 복도에 사진 걸리겠어요."

"에이. 거기 걸린 사람들이 얼마나 유명한데."

말은 이렇게 했으나, 오전에 가진 임소희와의 미팅에서 KG의 가치니 대표 스타니 하는 말을 들은 까닭에 되려 부담감은 진해졌다.

'오늘 신경 최대한 써서 촬영해야겠어.'

어깨에 힘이 들어갈 수밖에 없는 상황. 붕붕이의 말마따나

자기만족은 화를 부르는 법이다.

"민호 씨. 차 바짝 댈 테니 건물 안으로 바로 들어가셔야 겠습니다."

"그럴게요."

공 매니저가 밴을 액션스쿨 본관으로 몰아 나갔다. 체육관 형태의 사각 건물에 앞에 멈춰 서자 우르르 몰려드는 사람들. 민호는 오소라에게 눈짓했다.

"가자."

덜컥.

"꺄아아아악!"

"오빠아아아아!"

그새 따라붙은 여고생 팬들이 실신할 듯이 비명을 질렀다. 민호는 귀가 따가워 눈을 살짝 찡그렸으나 미소를 잃지 않은 채로 밖으로 나왔다. 그리고 오소라부터 앞으로 보냈다.

"오빠, 사인 좀 해주세요!"

"저도요, 저도!"

민호는 오소라가 건물 안으로 뛰어 들어가는 동안 극성맞은 여고생 둘에게서 펜을 받아 재빨리 사인하며 물었다.

"너희 밥은 먹고 다니는 거야?"

"저희는 민호 오빠 사랑을 먹고살죠~"

"사랑은 천천히 먹고."

"다이어트해야 해서 아침 안 먹어요, 저는."

"성장기에 그럼 쓰나. 이거나 받아."

아침 겸, 한 움큼 챙겨 들고 있던 소시지를 주머니에서 꺼내 여고생의 손에 쥐여준 민호는 멀리서부터 몰려들고 있는 사람들을 살펴보았다. 이대로 서 있으면 너무 몰려 누군가는 다칠 위험이 있다.

"사진도 찍어 주세요!"

"사진은 나중에. 너희는 밴 앞으로 돌아서 가. 그리고 오빠는 학교 땡땡이치고 오는 팬은 싫다. 알겠지?"

"네, 오빠. 소시지 잘 먹을게요!"

"역시, 민호 오빠 팬이 되려면 스마트해져야 해."

이미 건물 안으로 달리기 시작했기에 민호는 조잘거리는 여고생들에게 '그 정도까지는 아니야'라는 말은 전하지 못했다.

'외부인 출입금지'라는 푯말이 붙은 문을 넘어 안으로 들어선 민호는 큰 위기를 넘긴 듯한 안도의 한숨을 내쉬었다.

'이제 혼자 밖을 돌아다니기 쉽지 않겠어.'

숙소와 촬영장만 오가는 생활을 반복하다 보니, 인기를 체감하는 것이 더뎠다. 하다못해 변장도구라도 있지 않으면 일반인처럼 생활하는 것은 먼 나라의 얘기가 될지도 모르겠다는 생각이 들었다.

"민호 오빠."

먼저 들어와 있던 오소라가 다가왔다. 그녀는 CF 촬영감독과 액션연출자들이 모여 있는 안쪽을 손짓하더니 목소리를 낮춰 말했다.

"저기 감독님들 분위기가 좀 이상해요."

"분위기?"

민호는 지난번 CF때도 호흡을 맞췄던 연출자들에게 시선을 돌렸다. 동글한 인상의 감독 정봄과 선이 굵은 외모의 액션스쿨 대표 송도하. 마룻바닥 한쪽에 서서 굳은 표정으로 얘기 중인 그들은 오소라의 말처럼 표정이 심각했다.

뭐가 잘못됐나 싶어 다가서는데, 멀리서부터 말소리가 들려왔다.

"광고 콘셉트부터 출연자까지. 물량으로는 도저히 감당이 안 되겠어요."

"완전 뒤통수네요, 이거."

가까이 다가가 보니 모니터 하나를 앞에 두고 무슨 영상을 보는 중이었다.

"안녕하세요, 감독님. 대표님."

민호가 정봄과 송도하에게 인사했다.

"아, 민호 씨. 어서 와용~"

"오랜만이에요, 민호 씨."

두 사람이 반갑게 맞이했으나 표정이 좋진 않았기에 민호는 궁금하여 물었다.

"혹시 무슨 일 있나요?"

정 감독이 모니터를 가리켰다.

"업계 1위 LK가 얼마 전에 신제품을 발표했거든요. 그 광고가 오늘 아침 공개됐어요."

민호는 정 감독이 광고 영상을 클릭하자마자 보이는 배우의 얼굴에 눈이 커졌다.

"토, 톰 피트?"

한국에서도 믿고 보는 톰 형이라는 별명을 가진, 헐리웃의 대스타가 LK사의 휴대폰을 들고 힘차게 달려가는 장면이 모니터에 나타났다.

콰쾅, 하는 효과음과 함께 바닥이 무너져 내리며 쌍둥이 빌딩에서 뛰어내린 톰이 반대편 빌딩 유리창을 뚫고 바닥을 뒹굴었다. 그리고 휴대폰을 귀에 댄 채 백업을 요청하는 클로즈업 장면이 나왔다.

영화 속 한 장면인지, 광고인지 구별되지 않는 그 모습 이후 톰이 건물 복도를 달려 밖을 향해 질주하기 시작했다.

총알이 비처럼 날리고, 벽이 가루가 되어 부서지는 느린 폭발 속에서 톰의 액션연기는 숨을 죽이게 할 정도로 '쿨내'가 진동했다.

하이라이트는 20층에서 뒤도 돌아보지 않고 점프하는 모습이었다. 팔을 휘젓다가 헬기의 바닥에 가까스로 손을 걸쳐 매달린 톰. 그때, 휴대폰이 울렸다.

–『톰, 살아 나왔어?』

–『그런 거 같은데?』

–『자료는?』

–『T7에 담아 뒀어. 샴페인이나 따 놔.』

장면이 전환되어 석양을 배경으로 요트 위에서 샴페인을 마시는 톰. LK 휴대폰, T7의 고급스러운 이미지가 떠오르며 톰이 마지막 대사를 날렸다.

–『마음껏, 그 이상으로.』

휴대폰 카피를 입에 담은 톰이 선글라스를 착용하며 광고 종료.

"우와……."

민호는 솔직한 심정으로 박수를 칠 수밖에 없었다. 그러다 스파이물 콘셉트의 오늘 촬영 콘티를 떠올리고는 두 사람이 왜 저리 심각해하고 있는지를 깨달았다.

이건 마치 헐리웃 블록버스터와 개봉 대결을 앞두고 한국의 저예산 영화를 찍기 위해 모인 모양새 아닌가.

"LK가 ST 죽이려고 작정했어. 내 생각에는 광고 콘셉트 다시 짜야 할 것 같은데."

정 감독의 한탄에 송도하도 할 말이 없다는 듯 한숨만 폭폭 쉬어댔다.

"ST 사장님이 가만있으시겠어요? 그냥 촬영 진행하는 게 어때요?"

"이거 그대로 찍으면 100% 묻혀. 차라리 안 찍는 것보다 더 역효과가 날 거야."

"그것도 그런데, 콘티 다시 짜서 새로 컨펌 받는다 해도, 솔직히 저 광고에 나온 액션만큼 임팩트를 줄 수 있을지 모르겠네요."

송도하의 말에 정 감독도 방법이 없을 거라며 고개를 흔들었다.

'뭘 신경 써서 열심히 하고 싶어도 이래서야 방법이 없잖아.'

민호는 광고 촬영이 무산될 위기가 닥친 촬영장의 무거운 분위기에 무슨 말을 꺼낼 수가 없었다. 하늘도 무심하지, KG의 미래라고 칭찬받기가 무섭게 이런 일이 벌어지다니.

그렇게 연출자들이 고심하며 회의를 나누기 시작하자 민호는 오소라에게 손짓을 해 함께 조용히 뒤로 빠졌다.

액션스쿨 건물 복도를 정처 없이 거닐며, 오소라가 민호를 향해 울상을 지었다.

"어쩌죠, 오빠?"

"광고 계약서에 도장은 찍었으니까. 오늘 촬영 못 하면 다음에 새 콘티 짜서 스케줄 잡겠지, 뭐."

"아니죠. 지난번 광고 콘셉트가 사라지면, 오빠는 몰라도 저는……."

"나는 뭐 요원인 척 안 했나? 다 똑같아."

민호는 우울해하는 오소라의 어깨를 두드리며 괜찮을 거라고 위로해 주었다.

"그나저나 밖에 팬들이 저렇게 와 있는데 아무것도 안 하면 그것도 조금 미안해지네."

스턴트 카의 달인이었던 박진영도 보이지 않아 아쉬울 따름이었다. 간만에 옆 바퀴 주행을 하면 스트레스는 확 풀릴 텐데 말이다.

"어라?"

그렇게 걷고 있던 민호가 갑자기 걸음을 멈추고 한 스턴트 훈련장 안에 시선을 던졌다. '왜요?' 하고 고개를 돌린 오소라가 확인해 보니 장애물이 가득한 연습장이었다.

"뭘 그렇게 유심히 봐요? 예쁜 여자라도 있나보죠?"

"그게 아니라, 빛이 훌륭해서……."

넋이 나간 듯 중얼거리는 민호. 스턴트를 연습하는 이들 중에서 제법 예쁘장하게 생긴 여자를 찾은 오소라는 흥, 하고 눈을 흘겼다.

"가보자."

"어딜요? 촬영 시작하면요?"

"아까 봤잖아. 시작하겠어?"

민호의 발걸음은 이미 훈련장 안으로 향하고 있었다. 민호
가 당연히 예쁘장한 스턴트우먼에게 걸어갈 것으로 예상하
던 오소라는, 작달막한 키의 딴딴해 보이는 사내 앞에 멈춰
선 민호를 보고 의문의 시선을 보내야 했다. 남자를 보고 저
렇게 반한 얼굴이 되다니.

"안녕하세요."

민호는 은은한 빛이 어려 있는 장갑을 착용하고 있는 스물
중반의 남자에게 말을 붙였다. 상대가 민호를 알아보고 의아
한 눈빛이 됐다.

"강민호 씨 맞으시죠? 여긴 어쩐 일로⋯⋯."

액션스쿨 주변을 수많은 팬으로 들끓게 한 장본인이 갑자
기 눈앞에 나타난 것이기에, 상대도 꽤나 놀란 표정이었다.

"이곳에서 연습하고 있는 걸 좀 배워보려고요."

"파쿠르를요?"

"아아, 파쿠르라고 하는구나."

민호는 장애물을 가볍게 뛰어넘는 기예를 보여 주고 있는
다른 스턴트맨들을 보며 '오오' 하고 감탄했다.

도시와 자연환경 속 장애물을 설정해 놓고, 그것을 빠르게 이동하거나 효율적으로 극복하는 훈련. 눈앞의 사내는 일단 이것의 달인인 모양이었다.

달인이 민호을 보며 물었다.

"오늘 스턴트에 파쿠르도 들어가는 모양이죠?"

"아…… 그, 촬영이 밀릴 것 같아 미리미리 준비해 놓으려고요."

민호는 대충 얼버무리며, 손바닥을 커버하는 용도인 달인의 보호장갑에 눈길을 보냈다.

달인이 꾸벅 인사했다.

"한유진이라고 합니다. 쏭의 익스트림 크루 팀장이죠. 민호 씨가 스턴트 센스가 있다는 얘기는 대표님께 들었어요. 하지만 파쿠르는 전신을 사용하는 운동이라 기본 동작부터 확실히 익혀야 합니다. 여기 이분도 같이 배우실 건가요?"

한유진이 얼결에 민호를 따라온 오소라에게 시선을 돌렸다. 여자가 익히기에는 매우 격한 운동이라는 듯한 표정에 민호가 그녀에게 물었다.

"소라 너도 배워볼래?"

"오빠……."

갑자기 뭐하는 짓이냐는 오소라의 찌릿한 시선에도 민호는 해맑게 웃으며 '그럼, 잠깐만 쉬고 있어'라고 악의 없는 미소를 보냈다.

"진짜로 하게요?"

"응."

황당해하는 그녀를 그렇게 물러나게 한 뒤, 민호가 한유진에게 말했다.

"열심히 배워보겠습니다, 선생님."

―송 대표. 방법이 없겠어? 지난번 광고도 잘 뽑았잖아.

"사장님. LK의 광고는 급이 달라요. 직접 보니 알겠더군요. 그거 액션의 대가, 마이클 맥쿼리가 찍었답니다."

―헐리웃 자본의 투자라. LK가 노트북에서 발리더니 파격적인 시도를 했구만. 이 이상의 지출은 무린데. 회장님이 워낙 완고하셔서 말이지. 물건만 잘 만들어 내면 소비자가 알아서 좋은 것을 선택해 준다는 주의시라. 이사진과 협의는 해볼게.

"제작비를 늘린다고 해서 해결될 문제는 아닙니다. 블록버스터 광고가 아니라, 아예 다른 콘셉트를 잡아야 합니다."

―왜 이렇게 간이 작아졌어. 송 감독 영화 찍는다며? 헐리웃 액션 저리가라 할 정도로.

"그건 방향이 아예 달라요, 사장님. 자신은 있지만, 준비가 필요한……."

복도를 거닐며 전화통화를 하던 송도하는 장애물 훈련장에 시선을 던졌다가 걸음을 우뚝 멈추고 말았다.

　강민호가 허리높이의 장애물을 달려오는 속도 그대로 손만 짚어 뛰어넘더니, 벽을 달리듯 밟고 올라가 발을 차올려 2층에 섰다.

　실로 깔끔한 '스피트 볼트'와 '월 런'이었다.

　파쿠르의 기본 동작을 말끔하게 해낸 강민호가 씩 웃자, 액션스쿨의 파쿠르 팀장인 한유진이 박수를 쳐 주었다.

　―송 대표. 갑자기 왜 말이 없어?

　"사장님."

　―말해.

　"기깔난 아이디어가 떠올랐습니다. 일단 촬영부터 하고 가 편집본 보내드릴 테니까, 광고로 채택할지 아닐지는 사장님께서 선택하세요."

　―응? 그게 무슨 얘기야?

　"선택 안 되더라도 저희 영화 예고로 쓰면 되거든요."

　통화를 끝낸 송도하의 시선이 민호의 발끝에 꽂혔다. 앞꿈치로 착지하며 팔다리에 힘을 고르게 분산하는 완벽한 랜딩. 전에도 느꼈지만, 기가 막힌 스턴트 재능이었다.

　송도하의 머릿속으로 민호가 할 수 있을 법한 스턴트 액션이 하나둘 그려지기 시작했다.

"대표님, 정 감독님이 찾으십니다."

"강철아. 지금 가서, 외부에 있는 익스트림 크루 전부 호출해."

"네?"

"어서. 야외 액션은 해 떨어지기 전에 찍어야 그림이 살아."

파쿠르라는 것은 힘도 힘이지만, 균형과의 싸움이었다.

머리보다 높은 벽. 그 너머에 보이지 않는 공간. 마치 체조선수처럼 지형지물을 붙잡고 몸을 곡예 하듯 움직이는 방법을 민호는 차례대로 익혀 나갔다.

"출발합니다."

벽 한쪽을 60도의 각도로 내달리다가 발로 박차고 반대쪽으로 점프했다.

세상이 빙글 도는 그 절묘한 균형 속에서 믿을 건 오로지 자신의 몸뿐. 파쿠르에서 장애물이란 요소는 신체의 한계를 극복하기 위한 두려움이자 도전이었다.

탁.

착지한 민호에게 한유진이 다가왔다.

"센스가 좋다좋다 말만 들었지 이 정도일 줄은 몰랐네요."

"아니에요. 생각보다 빨리 빌릴 수 있어서……."

"네?"

"……뛰어난 교관님 덕분이라고요. 좋은 경험이었습니다. 익스트림 크루라는 게 파쿠르뿐만 아니라 여러 가지 하나 봐요?"

"뭐, 일단은 BMX와 보드, 인라인을 다루죠."

"그거 전부 다 잘 타신다는 거잖아요."

"그냥 기본만 합니다."

"우와."

순수하게 감탄한 민호가 장갑을 벗어 공손하게 내밀었다. 한유진은 장갑을 받아 들고 민호의 아래위를 훑으며 칭찬을 이어나갔다.

"전문배우가 파쿠르 제대로 하니까 느낌이 확 사네요. 대표님이 왜 스턴트에 연기를 담으라고 하는지 민호 씨 보니까 알 것 같아요."

"그럼, 괜히 내 영화 주연이겠어?"

대화를 나누던 두 사람의 곁으로 송도하가 불쑥 다가왔다. 민호는 심각한 표정이었어야 할 송도하의 얼굴이 꽤 밝아진 것을 보고 물었다.

"대표님. 저희 촬영 들어가게 됐나요?"

"그렇다고 봐야겠죠? 민호 씨, 잠깐 나 좀 봐요."

송도하가 민호를 훈련장 구석으로 불렀다.

"우리 영화 '더 리얼'. 1월 말에 크랭크인하기로 한 거 들었죠?"

"네, 매니저님께 전달받았어요."

"오늘 찍을 제품이랑 영상을 콜라보할까 하는데."

"콜라보라고 하시면……."

"광고가 영화 홍보를 역으로 해주는 개념. 들어 봤어요?"

송도하가 뒤이어 자세한 촬영 계획을 밝히자 민호는 '그게 가능할까요?'라는 의문 섞인 시선을 보냈다.

"다른 건 몰라도, LK의 광고 못지않은 임팩트를 줄 수 있다고 확신해요. 정 감독님이 아이디어 듣더니 괜찮다며 바로 콘티를 짜고 계시니까 완료되면 시작할게요."

78.
블록버스터 리얼(2)

오후 1시.

민호는 공원 벤치에 앉아 사람들을 구경 중이었다.

인라인스케이트를 탄 채로 트랙을 도는 사람들, 스케이트보드로 U 자형의 공간을 왔다갔다 묘기를 연습하는 사람들, 자전거를 타고 계단을 오르내리며 점프를 하고 있는 사람들까지.

각자의 기구를 활용한 놀이를 즐기는 듯한 분위기를 연출하고 있는 저들은 액션스쿨 'SSONG' 소속의 익스트림 스포츠 크루였다.

'잘할 수 있을지 모르겠네.'

라이벌 회사의 광고 때문에 엎어질 뻔한 이 광고의 콘셉트는 주연인 민호 자신도 아직 제대로 이해하지 못하고 있었다.

저들과 익스트림 스포츠를 즐기면서 V5로 셀캠 비스름한 것을 찍으라니.

한유진에게 장갑을 빌릴 수 있던 것은 그 와중에도 기쁜 일이었으나 도통 송도하의 의도를 이해할 수가 없었다.

'어떻게든 되겠지, 뭐.'

통제된 공원 외곽에서 구경하고 있는 팬들을 위해서라도, 지금 이 공간에서 실컷 활약하는 모습 정도를 보여주면 되리라 생각했다.

"모두 준비해 주십시오."

송도하가 확성기를 통해 준비를 알렸다. 원거리에서 촬영 중인 카메라가 돌기 시작하며, 정 감독이 "액션!"을 외쳤다.

≪'ST V5' 광고 1, 끌림≫

민호는 휴대폰을 만지작거리고 있었다.

ST에서 심혈을 기울여 만들어낸, 이번에 새롭게 출시될 모델 'V5'. 디자인은 약간 투박하다 할 수 있지만, 손에 잡히는 가벼운 무게감에 비해 단단하기 이를 데 없어 보였다.

휴대폰을 들어 한가로운 공원을 동영상으로 촬영하기 시작한 민호.

그때 민호의 옆을 툭 스치고 지나가는 것이 있었다.

드르륵, 하는 바퀴 구르는 소리와 함께 스케이트보드를 찬

청년이 발을 굴러 앞으로 나갔다. 계단이 보이자 앞발을 살짝 드는 동시에 뒷발로 스케이트보드를 차서 마치 발에 붙은 듯 점프해 사라졌다.

자연스레 그것을 휴대폰으로 담고 있는데, 다시 옆을 스치는 스케이트보더가 있었다. 이번에는 그가 점프를 시도하자 스케이트보드가 공중에서 회전하더니 발에 붙었다.

'알리와 킥플립.'

한유진의 지식 때문인지 스케이트보드의 트릭명이 저절로 떠올랐다.

이번에는 두 스케이트보더가 휙 지나가, 빠른 속도로 계단의 난간에 보드를 걸쳤다. 미끄럼 타듯 계단을 내려 사라지는 그들을 보고 있자니, 한유진의 애장품을 착용한 민호도 함께하고 싶다는 생각에 팔다리가 근질거렸다.

쉬익, 하는 소음과 함께 다섯의 인라인스케이터가 단체로 민호의 앞을 지나갔다. 어그레시브 스케이트라 부르는 'X-game'용의 스케이트를 신은 그들은 공중회전과 난간 미끄러지기로 계단 아래로 사라져 버렸다.

미처 그들의 뒷모습이 사라지기도 전에 튀어나온 묘기자전거들의 행진.

앞발로만, 뒷발로만 달리는 이들에 이어 제자리에서 큰 점프와 180도 회전하는 자전거까지, 묘기들이 이어졌다.

공원 외곽에서 구경 중인 이들의 감탄사가 여기까지 들려왔다.

끼이익.

그리고 민호의 앞쪽에 멈춰선 자전거 한 대.

아침에 곱게 세팅한 머리를 뒤로 질끈 묶은 채, 팔다리 보호구와 헬멧까지 착용한 꽤 그럴듯한 익스트림 스포츠 유저 같은 여인이 고개를 돌렸다.

'30분 동안 헤매더니 브레이크는 잘 잡네.'

오소라는 말없이 민호를 바라보다 자전거를 타고 저만치 멀어졌다. 앞서 사라진 이들에 비해 썩 잘탄다고 할 수는 없으나, 쌀쌀한 날씨에도 얇은 옷을 걸친 그녀의 육감적인 흔들거림은 지켜보는 남정네들의 관심을 사로잡기 충분했다.

멀찌감치 걸어 나갔던 오소라가 등을 돌리더니 민호를 향해 손가락을 까딱거렸다.

멍하니 자신을 지나간 이들을 촬영 중이었던 민호의 가슴을 불태우기 충분한 연출.

착, 하고 V5전용 액션캠 세팅 도구를 목에 건 민호가 그곳에 휴대폰을 장착했다.

그리고 빠르게 달리기 시작했다.

"우와아아. 이거 몰입감 죽여주는데요?"

휴대폰에서 파일을 뽑아 영상을 감상하던 정 감독은 송도하의 예상이 맞았음을 확인하며 즐거워했다.

민호의 시점으로, 민호와 함께 모험하듯 달리기 시작한 V5의 렌즈에 담긴 1인칭 영상은 그 몰입감과 연출이 보통의 영화와는 차원이 달랐다.

담장을 뛰어올라 날아가듯 먼 거리를 점프해 바닥을 뒹구는 화면. 숨을 몰아쉴 때 아래위로 살짝 흔들리는 모습. 거기에 그것을 연기하는 이가 강민호 본인이라는 사실까지 더해져, 리얼한 액션이 무엇인지 여실히 느껴지는 최초 영상에 스태프들은 물론이고, ST에서 나온 관계자까지 만족한 표정을 지었다.

"이대로 계속 찍으면 물건 하나 나오겠어요."

"민호 씨의 액션 호흡을 부드럽게 연결하는 것이 중요합니다. 액션은 리듬이거든요."

"이거 송 대표님 영화 벌써 기대됩니다."

정 감독의 머릿속으로 이 영상과 외부에서 실제로 강민호가 사방을 뛰어가며 보여준 액션을 결합한 광고 영상이 선명하게 떠올랐다. 수많은 CF를 촬영한 경험에 비춰볼 때, 보통 이 정도로 느낌이 강하게 오면 대박이 날 경우가 많았다.

송도하가 모니터 석에서 일어섰다.

"어서 움직이죠. 갈 길이 멉니다."

"송 대표님. 그런데 정말 그거 할 겁니까? 영상이야 끝내 주겠지만, 배우가 그걸 견딜지……."

송도하는 정 감독의 말에 첫 촬영을 끝내고 휴식 중인 민호 쪽으로 고개를 돌렸다.

"저는 민호 씨의 센스라면 가능하다고 봅니다."

공원, 도심 한복판에서 익스트림 크루와 호흡을 척척 맞추며 진행된 광고촬영은 오후 4시가 되자 야생으로 무대를 옮겼다.

미사리 활강장.

민호는 패러글라이딩 팀이 준비 중인 절벽 앞을 지켜보며 옆에서 사색이 된 오소라의 어깨에 손을 올렸다.

"괜찮을 거야, 소라야. 이게 놀이기구 타는 것보다 훨씬 재밌대."

"누가 그래요?"

두 번 재밌다가는 심장 멈춰서 죽겠네, 라고 강렬히 쏘아 보는 오소라의 시선에 민호는 헛기침하며 시선을 돌렸다.

"하긴. 너 은근 무서움 많았지."

과거 붕붕이에 올라탔다가 급가속 몇 번 했더니 사색이 되던 오소라의 얼굴이 떠올라 민호는 피식 웃었다.

"모험은 오빠랑 오빠 가슴에 붙은 휴대폰만 하면 되지. 왜 저까지 끼냐고요."

"생각해 봐. 나 혼자 하면 무슨 재미야? 옆에 미녀가 있고, 같이 가줘야 흥이 나지."

스턴트 팀에서 3분 뒤 출발한다는 사인을 보내자 오소라는 '후아, 후아'를 반복하며 뛰는 심장을 안정시키기 위한 호흡법을 시행했다.

"교관님 함께 타잖아. 텐덤비행은 눈 딱 감고 5분만 참으면 도착한다네."

"오빠는 이거 타봤어요?"

"대충은. 정확히 이런 건 아니고."

반지에 깃든 요원의 경험으로 미루어 보면, 총탄이 빗발치는 곳에 공수부대로 참여해 투입된 적은 있었다. 스릴이 심하다 못해 숨 막히는 그런.

"좋아요, 그럼. 저 긴장 안 하게."

오소라가 결심했다는 듯 성큼 다가왔다.

"뽀뽀나 한 번 해줘봐요."

따악.

"으악!"

민호가 바로 손끝을 튕겨 딱밤을 먹이자 오소라가 이마를 부여잡고 고개를 숙였다.

"넌 스캔들이 무섭지도 않냐?"

"으으. 용기가 있는 자가 미녀를 취한다 몰라요?"

"미녀가 어디 있는데?"

주위를 두리번거리는 민호에게 '여기, 여기 있잖아요' 하면서 점프를 폴짝 뛰는 오소라. 그녀는 긴장이 좀 가신 듯 보였다.

"아까는 미녀가 옆에 있어야 흥이 산다면서요?"

"우리 전우를 말한 건 아니지. 너랑 같이 뛰는 스턴트 교관님. 완전 매력 있으시잖아."

오소라는 패러글라이더 세트를 등에 메고 준비를 끝낸 스턴트우먼에게 시선을 돌렸다.

"치."

"준비하자, 전우여."

≪'ST V5' 광고 3, 자유≫

촬영을 위해 먼저 카메라를 손에 들고 날아오른 패러글라이더 행렬에 이어, 민호와 오소라도 교관과 함께 하늘을 향해 치솟았다.

"이얏호!"

민호는 온몸을 부드럽게 스치는 공기에 날아갈 듯한 상쾌함을 느꼈다.

아래로 뛸 때까지만 해도 잔뜩 긴장해 있던 오소라도 생각만큼 무섭지 않다는 것을 확인하고는 양손을 들어 올리며 환호성을 질렀다.

약간은 차가운 바람도, 하늘을 날고 있다는 기분 앞에서는 아무런 제약이 되지 않았다.

휘이이이—

V5의 카메라가 그런 바람과 하늘의 지평선, 민호의 발과 오소라를 함께 담았다.

패러글라이더 착지장인 미사리 경정공원.

유유자적 날고 있는 패러글라이더를 무심히 바라보던 송도하는 무전기를 들어 연락을 취해보았다.

치익.

"우혁아. 상태 어때?"

―지금 자유 활강 중입니다. 오소라씨 표정 괜찮고, 민호씨는 여유가 흘러넘칩니다.

"강민호 씨한테 글라이더 조정 맡겨 봤어?"

―능숙하신데요? 타보신 경험이 있는 것 같습니다. 아니라면 센스가 굿이고요.

"오케이."

송도하는 착지점 근처에 자리한 헬기를 확인하고 눈을 빛냈다. 막 헬기 문에서 '서울스카이다이빙 스쿨'이라는 로고가 붙은 항공점퍼를 입은 누군가 걸어 나오고 있었다.

촬영 스태프들은 아마도 모를 것이다. 이곳이 패러글라이딩의 명소임과 동시에 전국 유일의 헬기 스카이다이빙 체험장이 있다는 사실을.

걸어오던 사십 대 사내가 송도하를 발견하더니 말했다.

"도하, 너 네 영화 찍을 배우한테 너무 몹쓸 짓하는 거 아니냐?"

서울스카이다이빙 학교의 수석교관이자 707부대의 강하 훈련 기술지원팀장이기도 한 윤종환의 말에 송도하는 하늘을 가리켜 보였다.

"패러글라이더 잘 타잖아요."

"임마, 강도가 다르잖아. 강하라고 강하."

"국내 최고의 전문가가 교육생 한 명 속성자유강하를 못 시키겠다는 건가요?"

"얼마 전엔 단계별로 차근차근하겠다더니, 왜 갑자기 이러는데?"

"저 배우가 말입니다. 우리 액션스쿨 스턴트 팀장들 전부 합쳐 놓은 것만큼의 끝내주는 능력을 자꾸 보여주잖아요. 그럼 대표 입장에서 인맥을 총동원해 그에 맞는 대우를 해야지 않겠어요?"

"이번 한 번뿐이다, 너. 그리고 저 배우 트라우마 생기면 절대 내 책임 아니야."

"네, 선배님."

잠시 후, 촬영 팀을 시작으로 속속들이 패러글라이더가 착륙하기 시작했다.

송도하는 교관인 김우혁과 함께 뛰었으나, 나중에는 혼자 조작해 가볍게 땅에 안착한 민호에게 다가섰다.

"대표님. 이거 진짜 끝내주네요. 앞으로 자주 와야겠어요."

"재밌게 느낄 줄 알았어요. 정 감독님이 날이 맑아서 그림도 좋게 나왔다고 하네요."

민호는 다행이라며 교관과 함께 몸에 장착된 패러글라이더를 해제하기 시작했다.

"민호 씨."

송도하는 패러글라이더와 얽힌 민호의 케이블을 손수 빼주며 민호에게 은근한 어조로 입을 열었다.

"곧 있으면 석양이 지거든요. 그때 하늘에서 보는 수평선이 무척 멋있어요."

"그래요?"

민호가 하늘로 고개를 들어 올렸다.

"그럼 한 번 더 탈까요? 생각 같아선 교관님 없이 막 혼자 타보고 싶네요."

"그것도 좋지만, 굳이 같은 모험일 필요는 없죠. 이건 V5와 민호 씨의 리얼 여행이 콘셉트니까요. 자요, 장비."

고도계와 헬멧, 방풍계가 담긴 가방과 스카이다이빙용 낙하산을 내미는 송도하에게 민호는 이게 무얼 의미하는 건지 묻는 순진한 눈길이 됐다.

"지금 민호 씨가 입고 있는 슈트. 그거 점프슈트예요."

"어라? 그러고 보니 저만 교관님들이랑 다른 옷이었네요. 주연이라 저만 색이 다른 옷 입은 거 아니…… 응? 점프요?"

≪'ST V5' 광고 5, 석양≫

두두두두.

난생처음 타본 헬기 안.

'석양이 멋있기는 개뿔.'

민호는 낙하산을 맨 채로, 전문가인 자신들을 믿으라며 양쪽에 붙어 있는 두 사람을 바라보았다.

V5를 목에 건 채로 하는 스카이다이빙.

차마 상상도 못 했다. 여기서 이런 걸 하게 될 줄은.

생각 같아선 그만두고 싶어도, 한편으론 스카이다이빙이 궁금하기도 하고, 반지에 깃든 요원의 경험은 확실히 재밌다는 의견을 보내왔다.

'아침에 월드스타니 뭐니 하는 소리만 안 들었어도 못 한다고 했다, 내가.'

단단히 입었다고는 하나 저 상공에 칼바람이 휘몰아칠 것은 당연한 일. 생전 처음 하는 자유낙하를 하필 이런 시기에 경험하게 될 줄이야.

─올라갑니다.

조종사의 무전을 시작으로, 프로펠러를 강하게 회전시키며 강풍를 뿜어내던 헬기가 서서히 하늘로 상승했다.

"오빠."

악몽을 꿨다. 10,000ft 상공에서 노랗게 물든 하늘을 감상하다 수직 낙하하는 꿈을. 그건 그 어떤 악몽보다 현실감이 넘쳐서, 마치 실제로 체험한 듯…….

"민호 오빠. 파주 거의 다 왔어요."

"으음."

민호는 눈을 번쩍 떴다. 오소라가 걱정이 담긴 얼굴로 자신의 팔을 흔들고 있었다.

"그러길래 거절하지 그걸 덥석 왜 타요?"

"어쨌든 경험이잖아."

오소라는 민호가 양팔을 감싸 쥐고 부들부들 떠는 모습에 혀를 끌끌 차더니, 그녀가 덮어 따뜻하게 온기를 유지하고 있던 담요를 그에게 덮어씌웠다.

"정 감독님이 그러시는데, 화면은 끝내준대요."

"안 그러면 섭섭하겠지."

"아주 톰 피트 이기려고 이를 악물었더만요."

"그런 의도는 아냐. 그리고 톰 형 무시하지 마. 월드스타 아무나 하는 거 아니다."

오소라는 '네네, 알겠습니다' 하고 빈정대다가 민호가 주머니에서 보호장갑을 꺼내 다시 착용하는 모습을 가만히 지켜보았다.

"그러고 보면 오빠는 참 이상해요."

"뭐가?"

"인기가 있으나 없으나 하는 짓이 똑같은 느낌? 왜, 율치리에서 녹두전 구울 때 말이에요. 그때도 툴툴거리면서 끝까지 프라이팬 붙잡고 마을 잔치 치렀잖아요. 끝나고 저랑 같이 탈진했고."

남은 촬영도 그렇게 이를 악물고 할 거 아니냐는 오소라의 물음에 민호는 '뭐, 그렇겠지' 하고 대수롭지 않게 고개만 끄덕였다.

'이거 봐라. 남보다 열심히 하는 모습에 내가 반한 건가?'

뭐가 됐든 매력이 있는 건 확실하다. 오소라는 "어우, 추워" 하는 말을 자꾸만 내뱉는 민호에게 슬쩍 다가서며 말했다.

"그렇게 추우면 시린 옆구리를 달래 줄까요?"

"에이, 저리 가."

"오빠앙~"

"와, 소름 돋아. 소라 너 어디 가서 애교는 절대 하지 마. 이건 심각한 충고다."

"뭐요? 콱 그냥!"

"수고하셨습니다!"

액션스쿨의 실내에서 벌어진 후반부 촬영까지 모두 끝나고, 민호는 스태프들과 인사를 나누며 밴으로 향했다.

드르륵.

문을 열고 보니 촬영이 조금 더 일찍 끝난 오소라는 먼저 곯아떨어져 기절해 있었다. 익숙지 않은 액션신을 열심히 찍느라 고단하긴 고단할 터였다.

지이잉.

휴대폰이 울려 도로 밴의 문을 닫고 귀에 가져갔다.

"홍 작가님?"

민호는 홍은숙 작가의 목소리에 오늘 밤에 드라마 종방연이 있다는 것을 이제야 되새겼다.

"겨우 끝나긴 했는데, 숙소에 들렀다 그곳까지 갈 시간이 될지 모르겠네요."

10시가 훌쩍 넘은 시간. 종방연에 참석하기엔 늦은 감이
있었다.

"은하 씨 집에 잘 데려다주세요. 제가 따로……."

―어우, 어쩌나. 은하 씨 지금 QBS 사장님이 오셔서 다 같
이 건배하는 바람에 술을 입에 댔는데.

―취했습니다. 네 맞아요. 그래도 우리 홍 작가님 너~무
좋아~

―그래서 밖에 잠깐 데리고 나왔다가 끌어안고 난리가 났
어, 지금.

―누구한테 이르고 있습니까? 우리 민호 씨인가요? 민호
씨, 보고 싶…… 읍읍.

―아우, 겨우 막았네. 이거, 다른 남자들이 이 모습을 봐도
될까 몰라?

휴대폰 너머로 서은하가 '너무나 올바른 주사'를 부릴 때
주로 하는 말투가 들려왔다. 민호는 눈이 번쩍 뜨였다.

"어디라고 하셨어요!"

드라마 '사계절의 행운'팀이 모두 모여 종방연의 분위기가

한창 무르익고 있는 시간. 전세를 낸 술집 사방에 배치되어 있는 모니터에서는 10시부터 시작된 최종화가 방송되고 있었다.

　－정은채 선수. 준비되셨습니까? 오늘 컨디션은 어때요?

　－최고예요.

서은하가 테니스 마스터스 컵 출전을 앞두고 좋은 승부를 다짐하는 1화 오프닝의 장면에 이어, 독백이 시작됐다.

　－테니스에 왜 이렇게 빠져들었는지를 고민해 보니 처음에는 그저 공을 펑펑 치는 게 재미있었던 것 같다. 그리고…… 알랭과의 만남도 빼놓을 수 없겠지.

알랭으로 분한 민호의 얼굴이 플래쉬백 형식으로 짧게 스쳐 지나가자 여성 스태프들 사이에서 환호가 흘러나왔다.

장면이 바뀌며 대망의 결승전이 시작됐다.

치열한 경기로 꾸며진 장면이 5분간 이어지는 동안, 스태프들은 숨죽여 그 장면을 지켜보았다.

　－정은채, 매치 포인트!

　－정말 경이로운 선수입니다. 테니스의 불모지에서 프랑스 오픈을 우승하는 기적을 선보이더니, 이젠 마스터스컵에서도 불과 1점이면 우승컵을 들어 올리는 또 다른 기적을 준비하고 있습니다.

　－서브를 준비하는 정은채.

타앙!

−아아! 서브 에이스! 우승! 우승입니다! 시청자 여러분, 자랑스러운 테니스 선수 정은채가 마스터스 우승컵을 거머 쥡니다!

파리로케에서 미리 촬영하고 온, 공들인 신이었기에 몰입 한 스태프 모두 넋이 나가 박수를 쳤다.

술집 중앙에 자리한 주연배우들의 테이블.

"뭐야, 은하는 자기 클라이막스 신 나오는데 어디 간 거 야? 거국적으로 한잔해야지."

지진호는 주위를 두리번거리다 창밖의 벤치에 홍은숙 작 가와 앉아 있는 서은하를 발견했다.

"술 약한가 보네. 이현이 네가 흑기사 해."

지진호는 안이현에게 맥주를 따라주며 말했다.

"고생했다."

"형도요."

"이 정도면 연말 연기대상 우수상 정도는 받겠지?"

"누가요? 형이요, 제가요?"

"당연히 나 아니냐? 잘나가던 회사가 휘청거렸을 때 CEO 로서의 고뇌와 극복을 얼마나 잘 표현했어?"

안이현은 맥주를 한 모금 넘기고 피식 웃었다.

"너무 전형적인 캐릭터라 안 될걸요?"

"이게 드라마 끝나니까 입이 살아났구나."

"사실을 말한 거죠. 우리 드라마에서 입체적인 연기를 시도한 사람을 찾자면 바로 저 아니겠습니까? 팔 부상을 입은 전직 테니스 선수의 재활과 재기 과정. 얼마나 잘 표현했어요, 제가?"

"어머, 표현 하면 알랭이죠."

반대편에서 맥주를 홀짝이던 정승미가 말했다.

"알랭이 은채 보는 표정. 정말 가슴이 녹지 않아요? 아아~ 나도 저런 눈빛으로 봐주면 얼마나 좋아."

안이현은 고개를 흔들며 속으로 생각했다.

'서은하를 보고 저런 눈빛이 안 되는 게 더 어렵겠다.'

드라마는 종반에 접어들어 주, 조연 인물들의 후일담이 나오는 파트로 접어들었다.

안이현은 정말 고심해서 찍은 자신의 에필로그를 기다리며 TV에 시선을 고정했다. 재활프로그램의 고통을 견디며 출전한 국내대회, 아쉽게 16강에서 탈락하고 쓸쓸히 걸어가는 뒷모습. 그런데도 희망을 잃지 않으려는 저 표정은 NG를 십여 번 내면서까지 표현해 내려 했던 중요한 감정이었다.

"오, 지금 연기 인상적인데요?"

아역배우로 시작해 연기만큼은 이 중에서 가장 잘한다 여겼던 정승미의 칭찬에 안이현의 어깨가 으쓱 올라갔다.

주연 인물이 차례로 나오고, 알랭의 차례가 왔다.

또 건들건들한 바람둥이 연기를 했겠거니 하고 시선을 던지던 안이현의 눈이 급격히 커졌다.

"혜, 혜자 선생님이 나오셨어?"

"어마, 그러네요? 홍 작가님 특별출연 섭외력 끝내주네요."

국민 엄마로 칭송받으며, 일 년에 딱 한 작품만 하는 연기의 대가 고혜자가 시장통에서 장사하는 상인으로 모습을 드러냈다.

지진호도 TV로 시선을 돌리더니 놀란 눈이 됐다.

"설마, 알랭 친부모님 역? 에필로그에 고혜자 선생님이면, 알랭을 연기로 씹어 먹으셨겠는데?"

"민호 오빠 연기 잘한다니까요."

정승미까지 집중해서 TV를 보는 사이, 고혜자의 연기가 시작됐다.

순대와 떡볶이를 접시에 담고, 고등학생 손님에게 친근한 웃음과 함께 "맛있게 먹어요"라고 내미는 모습. 온종일 서서 장사하느라 부르튼 팔다리를 주무르며, 세월의 무게감이 배어 있는 처연한 눈빛을 내비치다가 분식을 다 먹고 자리에서 일어난 손님에게 다시 웃으며 인사했다.

사는 것이 바빠 TV 같은 건 볼 시간조차 없는, 어디에서나 볼 수 있는 우리네 어머니의 모습.

잔잔한 음악이 깔리며, 그런 고혜자의 얼굴이 점점 축소되고, 어머니를 지켜보는 알랭의 뒷모습이 서서히 카메라에 들어왔다.

"나 벌써 눈물 날라 그래."

과하게 몰입한 정승미와는 달리, 안이현은 곧 알랭이 나와 분위기를 다 깰 것이라 확신했다. 숨겨진 아픔이니 뭐니, 보통의 남자 주연배우에게 필요충분조건으로 들어갈 법한 연기력이 강민호에게 있을 턱이 없었다.

ㅡ안녕하세요.

알랭이 손님으로 노점상 앞에 앉았다.

ㅡ저……

ㅡ뭘 드릴까요, 손님?

한눈에 봐도 쉽지 않은 삶을 살아왔을 고혜자의 연기가 주는 무게감은 TV를 보고 있는 모두의 가슴을 안타깝게 했다.

그리고.

알랭의 얼굴이 클로즈업됐다.

시청자들의 마음을 이해라도 하는 것처럼, 알랭의 눈빛에 오만가지 감정이 담겼다.

ㅡ제일 맛있는 거로 주세요.

ㅡ맛은 없어요. 싼맛에 먹는 거지. 젊은 양반 입맛에 안 맞을 수도 있으니 골라서 줘 볼게. 2천 원 어치?

접시에 김이 모락모락 나는 떡볶이와 순대, 튀김이 담겼다.

-고맙습니다.

-어유, 뭘 이런 걸 고마워해.

서로 다른 얼굴을 가진 배우들임에도 마치 모자간의 끈끈한 무언가가 이어진 것마냥, 많은 의미를 담고 있는 대화가 두런두런 오갔다.

순대를 한 조각 입에 물고 눈시울이 붉어지는 알랭.

-정말 맛있어요. 이렇게 맛있는 음식 처음 먹습니다.

-왜 울어요, 손님?

-아니에요, 앞으로 자주자주 올게요. 단골. 괜찮죠?

-나야, 좋죠. 손님 느는 거니까.

알랭이 훌쩍이며 계속해서 입속에 먹을 것을 집어넣자 놀란 고혜자가 물을 한 컵 따라서 옆으로 다가왔다. 천천히 먹으라며 등을 두드려 주는 장면이 서서히 카메라와 멀어져갔다.

"……."

화면은 다른 출연자의 에필로그로 넘어갔으나 안이현은 두 사람이 단 1분 만에 보여준 연기 호흡에 할 말을 잃었다.

정승미는 기어코 눈물이 나 손수건으로 눈을 훔치며 말했다.

"홍 작가님, 다음 작 민호 오빠랑 같이하신다더니 국민 어머님까지 출연시켜 기어코 매력을 하나 더 보여주고 드라마 끝내 버리셨네요."

"나 완전 놀랐다. 고혜자 선생님도 대단하지만 강민호 씨도 이거……."

칭찬하던 지진호는 창밖으로 차가 하나 멈추며 뛰어나오는 한 사람을 보고 픽 웃었다.

"호랑이도 제 말 하면 오는 거지."

끼이익.

급정거하듯 멈춰선 클래식 스포츠카에서 민호가 달려 나왔다. 서은하를 찾아 두리번거리다가 벤치에 앉은 그녀를 발견했다.

"은하 씨."

기우뚱, 하고 고개를 가누지 못하고 있던 서은하가 시선을 올렸다.

"어? 우리 민호 씨 왔네요."

"홍 작가님은요?"

"편의점에 술 깨는 약 사러 가셨습니다."

말투가 매우 공손한 것을 보니 상당히 취한 듯 보였다.

"많이 마셨어요?"

"네에!"

서은하가 힘차게 고개를 아래위로 끄덕이며 대답했다.

"은하 씨, 쉿! 안에 스태프들 많은데."

"건배할 때 마신 술이 소주를 탄 맥주인지 몰랐습니다. 폭탄주는 처음인데 맛이 괜찮아서 한잔 더……."

"어휴, 은하 씨 술꾼 다됐어요."

"민호 씨가 못 마시니까 제가 잘 마셔야 나중에 흑장미 할 수 있다고……."

"홍 작가님이 그러셨죠?"

"네."

이건 아주 자백제가 따로 없다. 민호는 벤치에 앉아 비틀거리는 서은하의 팔을 붙잡아 부축했다.

"반장님께 저도 혼나겠어요. 이 정도로 취했는데 못 말렸으니."

"아니, 아닙니다. 아빠 앞에서는 안 취한 척할 겁니다."

또박또박, 공부만 열심히 하는 학생처럼 대답하는 서은하를 보며, 민호는 뒷일 따윈 상관없다는 듯 입가로 배어 나오는 웃음을 삼켜야 했다.

"그럼, 그 말투부터 바꿔야 할걸요?"

"어떻게요?"

"어떻게라……."

고민하던 민호는 순간 침을 꼴깍 삼켰다. 시키면 다 하는 무방비 상태의 서은하. 이런 기회 흔치 않다.

"애교를 많이 발휘해야죠. 안 혼나려면."

"나 애교 그런 거 잘 못하는데……."

고개를 숙이고 죄지은 사람처럼 중얼거리는 서은하를 본 민호는 속으로 '하느님 죄송합니다'를 세 번 외치고 말했다.

"잘 못하긴요, 은하 씨는 아무거나 다 잘해요."

"정말요?"

"네. 따라 해봐요. 두 손을 이렇게 모으고."

"모으고."

"비에 젖은 강아지 같은 눈빛으로 올려다봐요."

"이렇게?"

"옳지. 막 앞이 안 보이는 것처럼 눈 깜박깜박. 아이구, 귀엽다."

눈을 감았다, 떴다 하면서 서은하가 배시시 웃었다.

"정말 이러면 안 들키나요?"

"어허, 저 못 믿어요?"

"믿습니다. 세상에서 제일."

발그레 달아오른 그녀의 뺨과 하얀 입김이 민호의 눈에 들어왔다. 그냥 콱 안아버리고 싶은 욕구를 겨우 참아내며, 민호는 그렇게 행복한 한때를 만끽했다.

"어머, 민호 씨 왔네."

홍 작가의 음성에 민호는 소스라치게 놀라 벌떡 일어섰다.

"아, 아무 짓도 안 했어요, 홍 작가님."

민호는 저 그런 남자 아닙다, 라는 어필과 함께 자세를 바로 했다. 그리고 깜깜해서 아무것도 안 보이는 하늘이 뭐가 그리 신기한지 계속 쳐다보았다.

홍 작가는 민호를 보고 쿡 웃다가 서은하에게 숙취해소 음료가 담긴 음료수 병을 내밀었다.

"은하 씨, 자. 이거 마시면 좀 깰 거야. 근데 둘이 뭐하고 있었어?"

"민호 씨가 애교 가르쳐 줬습니다."

"어우, 그랬어? 어떤 애교?"

"막, 일케 일케 눈을……."

"은하 씨!"

민호는 서은하의 팔을 붙잡고, 일으켜 세우며 급히 말했다.

"어우, 시간이 벌써 이리됐네. 은하 씨 아버님이 걱정하시니까 얼른 데려다줄게요."

거의 납치하다시피 차에 앉힌 뒤에, 민호는 홍 작가에게 꾸벅 고개를 숙였다.

"스태프들에게 잘 말씀해 주세요. 반장님 되게 엄하셔서 12시 전에 무조건 들어가야 한다고."

"걱정하지 말고 은하 씨나 잘 바래다줘."

15분 뒤.

민호는 서은하의 집 앞에 차를 멈춘 뒤 짧게 심호흡했다.

옆에서 잠들어 있는 서은하를 보고나니, 기껏 반장님께 따놓은 점수가 이걸로 원점이 되어버릴 위기 상황이라는 것이 새삼 위기로 다가왔다.

"은하 씨, 집에 다 왔어요."

"으음~"

부스스 눈을 뜬 서은하가 손가락을 들어 민호를 가리켰다.

"어? 민호 씨다."

숙취해소 음료를 먹었다지만, 어째 서은하의 상태는 술이 더 취한 것처럼 보였다.

'소맥을 몇 잔을 먹인 거야, 홍 작가님은.'

자신의 얼굴을 요리조리, 지긋이 뜯어보고 있는 서은하에게 민호는 "왜 그렇게 봐요?" 하고 물었다.

"꿈꾸고 있나 해서요."

"꿈 아니에요. 네, 맞습니다. 제가 강민홉니다. 그리고 여기 은하 씨 집 앞이에요."

"헤에~"

서은하가 미소를 지으며 말했다.

"저 준비 다 됐습니다."

"뭐가요?"

"애교."

오른손 주먹을 불끈 쥐어 보이더니 바로 두 손을 맞잡고 애처로운 눈빛을 하는 서은하를 보며 민호는 '크흡' 하고 심장을 쥐어뜯어야 했다.

"그거 하면 안 돼요, 은하 씨."

"안 돼요?"

"아니다. 차라리 그걸로 반장님 마음을 녹여봐요."

내일 오전에 떠나기로 한 포상휴가가 계속해서 걱정되는 민호였다.

잠시 후, 민호는 서은하를 부축해 차에서 내렸다. 계단을 올라 벨 앞에서서 다시 심호흡.

딩동.

마음에 준비를 하고 있는 민호에게 발자국 소리가 가까워졌다.

끼릭.

'어?'

대문을 연 이는 서철중이 아니었다. 상당히 정숙한 느낌을 주는, 서은하와 꼭 닮은 중년 여성이 문을 열고 민호와 눈이 마주쳤다.

민호는 직감적으로 서은하의 어머니일 것이라 판단이 들어 재빨리 고개를 숙였다.

"안녕하세요, 어머님. 강민호라고 합니다."

"반가워요, 민호 씨."

'임효주 여사님이라고 했었지?'

어렴풋이 공 매니저에게 들었던 이름을 떠올렸다.

인사를 받은 임효주는 민호와 함께 서 있는 서은하를 보고 눈이 커졌다.

"서은하!"

임효주가 서은하를 부축하며 등을 팍 때렸다. 서은하가 "엄마야!" 하는 짧은 비명과 함께 임효주를 보더니 해맑게 웃었다.

"엄마, 나 왔어. 민호 씨가 바래다줬다~"

"얘가, 술을 왜 이렇게 마셨어."

"드라마 종방연이라 스태프들이랑 되게 재밌었거든. 민호 씨는 스케줄 때문에 늦게 왔지만."

"내일도 여행 간다며?"

"가서는 술 안 먹어. 나 민호 씨랑……."

대화가 이어질 그 찰나, 민호는 등골이 오싹해졌다. 이 상황에 둘만의 데이트에 대해 술술 불어버린다면 모든 것은 물거품이 되어 버린다.

"재밌게 놀 거야. 파리에서 고백하고 제대로 된 데이트 한 번 못했어."

다행히 얼마만큼은 비껴갔다. 민호는 한겨울임에도 이마

에서 식은땀이 흘러내리는 것을 느꼈다. 서은하는 술이 조금 깬 건지, 공손한 말투에서 원래의 말투로 돌아간 것 같기도 했다. 아니, 그리 믿고 싶었다.

"민호 씨. 이 철없는 딸 데려다줘서 고마워요.

"아, 아닙니다. 그런데 반장님은 주무시나요?"

인사라도 하고 가려 했는데 임효주가 고개를 저었다.

"바깥양반은 잠복근무라 안 들어왔어요."

어쩐지. 민호는 그제야 조금 안심했다. 반장님이 없으니 서은하가 이렇게 맘 편히 술을 마셨던 거였다. 내심 안도하는 민호에게 임효주가 웃으며 말했다.

"우리 은하 내일도 잘 부탁해요."

"걱정 마십시오, 어머님!"

우렁찬 외침과 함께 정중히 인사를 하고, 등을 돌려 척척 계단을 내려왔다. 민호는 혹시나 싶어, 점자시계를 터치해 서은하가 어떤 얘기를 하나 들어 보았다.

―사진으로만 보다가 진짜 보니 되게 멋있지? 아빠가 인정한 남자입니다, 우리 민호 씨가.

―콩깍지 씐 너보다 더 멋있게 보이겠니?

―피. 엄마는 모를걸? 민호 씨는 내 공부 도와주느라 책도 엄청 보고. 나는 아무것도 해준 게 없는데 미안하고.

―에구구, 우리 딸. 남자친구 자랑 그만하고 어서 들어가자.

-알겠습니다, 어머닛!

-가만. 딸아. 너 취한 김에 하나만 묻자. 네 아빠가 이번에도 스포츠 스타니 뭐니 하는 경매품을 하나 산 거 같거든. 돈이 비어. 근데 물건 모아놓은 방에는 없어.

-어어, 이거 말하지 않기로 했는데…… 아얏!

-말할래, 등짝 더 맞을래?

-안 돼에~

-얼른 불어.

-아빠, 죄송합니다! 다락방 서랍. 숨기고 나오는 걸 목격했습니다.

딸들은 저렇게 해도 정이 넘치는 가정이라는 생각이 든 민호는 웃음과 함께 운전석에 올라탔다.

'어쨌든 말이야.'

시동을 걸며 11시 50분을 가리킨 시계에 시선을 돌렸다. 10분 후면 실질적인 금요일이다.

'드디어 그날이 온다!'

민호는 소리 없는 환호성을 질렀다.

"어, 도윤아. 가편집본을 강민호 씨 월드채널에 그대로 올리겠다고? 그 정도로 퀄리티가 좋아?"

─말도 마세요. 일단 한번 보시겠어요?

임소희는 오늘 휴대폰으로만 촬영했다는 강민호의 CF영상을 따로 모은 편집본을 다운로드한 뒤에 클릭했다.

【강민호와 함께한 V5의 '리얼'한 모험】

첫 시작은 공원에 우두커니 서 있는 민호의 얼굴부터였다. 그의 옆을 하나둘 스쳐 지나가는 익스트림 스포츠 멤버들. 마지막으로 지나치던 오소라가 민호를 보며 함께 가자고 손짓하자 상황이 급속도로 빠르게 전개됐다.

달려 나가는 민호의 시점으로, 왼쪽에서 화려한 턴을 보이는 자전거의 행렬이. 오른쪽에서 칼같이 방향을 바꾸는 스케이트보드의 행렬이 이어졌다.

담장을 밟고 뛰어오른 민호의 시야가 하늘을 향했다가 2층 건물의 옥상으로 변했다. 그리고 다시, 보는 이의 심장을 철렁이게 할 빅 점프가 시작됐다.

바닥에 착지해 부드럽게 한 바퀴. 흔들리는 호흡과 함께 골목 아래로 인라인스케이터들의 스피드 질주가 시작되는 모습이 보였다.

난간을 뛰어넘고, 건물 사이를 오르내리고, 보기만 해도 아찔한 틈과 틈, 벽과 벽 사이를 오가는 민호의 옆으로 익스트림 행렬의 등장이 반복됐다.

마치 그들과 호흡하며 함께 액션을 즐기는 듯한 흥겨운 리듬은 숨 돌릴 틈 없이 이어졌다.

계단 난간을 스르륵 타고 내려간 민호의 시야가 공원 외각으로 사라지고 있는 익스트림 행렬로 향했다.

달칵.

가슴에 차고 있던 V5를 꺼내 앞으로 내미는 민호.

장면은 곧바로 전환되어, 도심 한가운데 서 있는 민호에게 전달하는 것으로 이어졌다.

V5를 받아 든 민호는 또다시 익스트림 행렬을 따라 더욱 빠른 액션을 보였다. 자전거를 타다, 스케이트보드를 타다, 다시 벽을 뛰어넘기를 쉴 없이 반복하는 몰입감 높은 영상.

단계별로, 마치 롱테이크처럼 이어져 한 호흡으로 느껴지는 액션이 패러글라이딩을 하는 장소까지 갔을 때는 이 끝이 무엇일지 궁금해지지 않을 수 없을 정도였다.

V5를 내민 손, 그것을 받아 든 민호가 가슴에 장착하고 그대로 절벽에서 달려 나갔다. 앞서 날고 있던 오소라의 환호하는 모습과 함께 푸른 하늘이 온 시야를 가득 메웠다.

그렇게 끝나나 싶더니, 헬기 앞에서 V5를 내미는 장면으로 이어졌다.

임소희는 설마 하는 표정으로 눈을 크게 뜨고 지켜보았다.

석양이 서서히 깔리는 하늘. 그것을 지켜보고 있는 V5와 민호. 하늘 위에서 내려다본 지상의 경치는 이 상황이 어떤 것인지를 머리로 분석하길 거부할 만큼 그저 끝내줬다.

장엄한 배경음이 깔려야 할 것만 같은 1인칭 시야가 급격히 전환되며 그대로 바닥을 향해 강하를 시작했다.

"어마."

작은 비명을 지르던 임소희는 민호가 끝까지 제대로 내려갔는지를 확인하기 위해 계속 지켜보다 신음을 삼켜야 했다.

가슴에 장착되어 있던 V5가 강한 바람에 휩쓸려 빠져나와 홀로 떨어지기 시작한 것이다. 빙글빙글 돌며 하늘과 땅이 아래위로 뒤바뀌는 광경은 그것을 주의 깊게 지켜보고 있던 임소희에겐 짜릿한 충격이었다.

휴대폰이 이대로 바닥에 충돌해 부서질 것이라 생각하고 있던 임소희는 회전하는 화면 속에서 활강하듯 직선으로 날아오고 있는 한 사람이 있음을 발견했다.

5초. 4초. 3초.

시간이 지날수록 점점 가까워지는 얼굴은 하늘을 가르고 날아온 강민호였다. 그가 손을 뻗어 V5를 붙잡았다. 흔들리던 화면이 다시 그의 가슴에 안착했다.

낙하산이 펴지고, 평온하게 물들어가는 하늘이 다시 비쳤다.

[나는 한계를 극복하고 싶다. 넌 어때? V5.]

가편집본에 삽입된 자막을 끝으로 영상이 끝났다.

"아······."

이건 결코 CG나 의도된 연출이 아니었다. 그랬기에 임소희의 충격은 더했다. 그녀는 그 짧은 시간, 물량을 최대한 투입한 경쟁사의 광고를 이렇게 훌륭한 방식으로 대응하는 광고를 찍었다는 것이 믿어지지가 않았다.

그것을 실행에 옮긴 이가 강민호였기에 놀람은 가실 생각을 하지 않았다. 그녀는 문득 오전에 그와 나눴던 마지막 대화가 떠올랐다.

─이건 진짜 본심을 말할게요. 제 정체성은 말이죠, 서둘러 정의할 필요가 없다고 봐요.
─민호 씨가 아직 보여주지 못한 것이 남았다는 건가요?
─에이, 남아 있을 리가 있나요. 못 볼꼴만 아니면, 어떤 스케줄이든 소화하겠다 이거죠. 저는 아직 제가 못 해본 것들에 도전하고 싶어요. 그것이 남들은 우습게 생각할 수 있는 별것 아닌 일이라 해도, 저한테는 아주 소중한 추억이 될 수 있거든요.

'난 그의 그릇을 완전히 오판했어.'

월드스타를 이 손으로 만들겠다니, 무슨 그런 오만한 생각을 한 건지.

그가 하는 행동과 말, 보이는 모든 것은 대중에게 큰 영향력을 끼칠 잠재력이 있었다.

때로는 감동으로, 때로는 유쾌함으로, 지금 저 영상에서는 말도 못하게 압도되는 움직임으로.

단지 세상에 널리 알려지지 않은 것뿐, 자신은 그저 강민호라는 매력적인 인물을 세상에 충실히 알리기만 하면 그만인 것이었다.

'그는 이미 셀러브리티야.'

임소희는 이사회의에서 보고할 자료를 재수정해야겠다고 마음먹었다.

———

Object : 익스트림 스포츠 전문가의 보호장갑.

Effect : 극한의 레저운동을 가벼운 조깅하듯 즐길 수 있다.

79.
금요일 밤의 열기(1)

'AM 05:59'를 가리키고 있던 시계가 6시로 변하며 누군가의 잠을 방해하기 위한 알람을 울렸다.

탁, 하고 스위치를 내리눌러 시계가 고작 0.5초밖에 본연의 임무를 수행치 못하게 한 민호가 고개를 들었다. 꿈벅꿈벅, 잠의 세계에서 돌아오기 위한 0.5초의 적응 시간이 흘렀다.

두근.

민호는 오늘이 무슨 날인지를 떠올렸다.

눈을 뜬지 1초 만에 침대를 박차고 일어난 민호는 거실로 나와 베란다의 커튼을 활짝 젖혔다.

하늘은 아직 어스름했으나 구름은 보이지 않는 날씨. 전국적으로 맑을 것이라던 기상청의 예보는 100% 들어맞을 모양이었다.

"떠나요 둘이서~ 모든 걸 훌훌 버리고~"

제주도의 푸른 밤을 노래하며 욕실로 향하던 민호는 거실 진열장에 놓인 대장군의 검 앞에서 멈칫했다.

"딱 내일까지만 쉬고, 다시 열심히 각오를 다지겠습니다."

불호령이 떨어질까 차마 손잡이를 붙잡고 얘기하진 못했다.

오전 7시.

번개처럼 준비를 끝마친 민호는 백팩을 등에 메고 숙소의 주차장으로 내려왔다.

"놀러 가기 좋은 날씨예요~"

"형, 이걸로 갈아입으세요."

막 밴의 문을 열고 올라타는데 코디가 대뜸 옷을 들이밀었다. 이미 제주도행을 대비해 간편한 옷차림을 하고 있던 민호는 '왜?' 하는 눈길을 보냈다.

"김포공항에 기자들이 쫙 깔렸습니다. 공항패션 준비에 많은 신경을 써야 할 것 같습니다, 민호 씨."

대답은 운전석의 공 매니저가 했다.

"드라마 마지막 회 시청률이 30%를 돌파해 버린 건 아시죠? 공교롭게도 밤 12시경 민호 씨 월드채널 개국 기념으로 올린 영상이 같이 화제에 올라, 지금까지도 검색어 순위에서 내려오지 않고 있습니다."

"민호 형, 스카이다이빙은 언제 한 거예요? 아오, 나도 따라가서 구경할 걸 그걸 놓쳤네."

간밤에 검색해 본 거라곤 오늘 날씨뿐이었기에 민호는 자리에 앉자마자 휴대폰부터 열어 기사를 보았다.

【알랭으로 여심 홀린 강민호, 익스트림 스포츠로 남심까지 사로잡아…….】

【톰 VS 강민호. 블록버스터 액션과 리얼 액션의 승자는?】

【놓친 V5를 다시 잡아채는 공중장면. 연출이 아닌 실제?!】

각양각색의 헤드라인 말미에는 대부분 '한편, 강민호는 오늘 드라마의 주, 조연 배우들과 함께 포상 휴가를 떠나기로 해'가 쓰여 있었다.

"저 놀러 가는 것도 기사가 나오네요."

"그럴 인기가 되신 거죠."

시동을 걸고 출발을 준비하던 공 매니저가 백미러로 흘끔 민호를 보더니 기사를 이제 확인하셨냐는 듯 미소를 지으며 말했다.

"민호 씨 이름만 언급돼도 클릭률이 폭발한다고 생각하시면 됩니다. 회사에선 ST 쪽에서 광고 계약 연장하자는 논의가 나오리라 예측 중입니다. 보통 이동통신 광고는 분기단위로 끊는데, 1년 이상이 될 수도 있다고."

계약금만 수십억 단위를 얘기하는 공 매니저의 입가에는 웃음이 떠날 줄을 몰랐다.

민호는 자신이 입고 나온 것과는 비교가 되지 않는 가격의 아웃도어 브랜드 옷을 바라보았다. 대자연 한가운데서 눈비를 맞아도 몸을 멀쩡히 보호해 줄 것만 같은 품질의 재킷을 단지 나들이 갈 때 입어야 한다는 것이 미안해질 정도의 고급스러움이 배어 있었다.

'밖에 나올 때 대충 입는 건 앞으로 안녕이군.'

후줄근한 추리닝을 입고 편의점이라도 나갔다가 사진을 찍히면, KG의 얼굴에 먹칠하는 꼴이 될 수도 있으니까.

민호는 옷을 갈아입은 후, 휴대폰을 들어 난리가 났다는 월드채널에도 한번 들어가 보았다.

「강민호와 함께한 V5의 '리얼'한 모험 / 1,007,623회.」

'만, 십만, 백…… 백만?'

그동안 자신과 관련된 별별 동영상이 다 돌아다녔지만, 하

룻밤 사이 백만 단위의 조회수는 처음 보는 현상이었다. 칼바람이 부는 와중에도 덜덜 떨며 수직낙하를 감행했던 고생이 어느 정도 보람으로 다가오는 순간이었다.

공 매니저가 밴을 출발시키며 말했다.

"임소희 사장님께서 오랜만에 갖는 공식 휴식이니만큼 푹 쉬고 오라는 말씀을 전하시면서, 법인카드도 내어주셨습니다. 필요하신 건 뭐든 결제하시면 됩니다."

"카드요? 굳이 그럴 필요는 없는데."

패션 브랜드 T의 광고가 연장됐을 때 스포츠카를 지급하던 쏨쏨이의 임소희였기에 거의 백지수표를 내준 것이나 다름없었다.

스태프들과 어울리는 척하다 내뺄 생각을 하고 있던 민호는 이렇게 잘 챙겨주는 것이 오히려 부담스러워졌다.

"아, 그리고 이륙 전에 선물 리스트 확인하시고 하나 택해 주십시오."

"선물? 누구 거요?"

"드라마가 잘돼서 포상휴가를 가면, 스태프들 고생했다고 출연배우가 선물을 돌리곤 합니다. 드라마 대박의 큰 수혜자인 민호 씨도 뭔가 하나 준비해야지 않겠습니까?"

"다들 주는 거라면 그래야겠네요."

민호는 좌석 앞에 있는 A4용지를 손에 쥐고 읽어 내려

갔다.

명품 화장품 브랜드 세트, 남해의 특산 해산물, 보양 건강식, 구두, 패딩, 최고급 한우…….

리스트에는 백화점이 통째로 들어간 것처럼 없는 게 없었다.

"이거 혹시 은하 씨도 돌리는 건가요?"

"서은하 씨는 지난번에 이미 스태프들 발 사이즈 전부 체크해서 활동하기 편한 운동화로 선택하셨습니다. 참 꼼꼼한 분이신 것 같습니다."

"은하 씨야 뭐……."

'제 그녀가 그 정도입니다'라고 팔불출처럼 자랑하고픈 맘이 들어 민호는 가볍게 웃었다.

꼭 애인이어서가 아니더라도 서은하의 선물이 의미가 있어 보이는 건 사실.

발 사이즈를 하나하나 신경 써줬다는 것도 그렇고, 촬영 시 바삐 움직일 일이 잦은 스태프들에게 안성맞춤인 쓰임새까지. 모두 훌륭했다.

민호는 그런 의미가 담긴 선물이 뭐가 있을지 고민하며 목록을 뒤졌으나 딱히 눈에 띄는 것을 찾지 못했다.

"공 매니저님, 이거 꼭 리스트에서 택할 필요 없죠?"

"그럼요. 비용만 회사에서 받고, 민호 씨가 직접 구매하셔도 됩니다."

"잠시만요, 연락 좀 해보고요."

지갑에서 자줏빛 명함을 꺼내 번호를 찾은 민호는 일단 문자부터 넣어 보았다.

'되면 좋고. 아니면 비슷한 거로 찾아보지 뭐.'

김포 공항 국내선 청사 앞은 아침부터 진을 치고 있는 기자들로 발을 디딜 틈이 없었다.

인기리에 종영한 드라마 '사계절의 행운' 출연자들과 스태프들이 휴가여행을 간다는 소식이 새벽부터 연예가의 핫이슈가 된 까닭이었다.

웅성웅성하는 기자들 틈으로 출연배우들의 차가 속속들이 등장해, 한 명씩 내릴 때마다 레드카펫 행사인 것처럼 플래시가 사방에서 터졌다.

"감사합니다, 재밌게 힐링하고 돌아올게요."

배우 지진호가 선글라스를 코 위로 밀어 올리며 몰려든 기자들 속을 헤치고 게이트 안으로 들어섰다.

"지진호 씨! SD TV 시청자들에게 종영 소감 한 말씀만!"

"곧 결혼하신다는 소식이 있습니다! 애인에게 전하고 싶은 이야기가 있다면!"

메이저 매체의 정식인터뷰가 아닌 이상 시간 낭비였기에 지진호는 손만 흔들고 지나쳐 갔다. 제작진이 대관해 놓은 휴게실 라운지를 확인하고 걸어가는데, 한쪽 테이블에 앉아 있던 안이현이 손을 들어 보였다.

"선배, 여기요."

"어, 이현아."

끌고 온 캐리어를 한쪽에 놓아둔 지진호는 밖을 가리키며 고개를 저었다.

"휴, 여행은 시작도 안 했는데 아침부터 난리도 아니야. 3류 찌라시까지 보이더라."

"그 난리가 절 위한 것이 아니란 사실이 슬프네요. 첫 주연 드라마였는데."

"배부른 소리 하고 있다. 너 지금 CF 들어온 거 몇 개야? 두 자릿수지?"

"그거야, 뭐……."

"내 첫 주연작 어땠는지 알아? 애국가 시청률 나와서 한동안 드라마 PD님들 피해 영화판 엑스트라만 해야 했다고."

지진호가 안이현을 나무라며 고달팠던 신인 시절 얘기를 늘어놓는 동안, 게이트 안으로 한 사람이 걸어 들어왔다.

"여러분, 사랑해 주셔서 고마워요!"

몸에 짝 달라붙는 바지에 얇아도 너무 얇아 바람이나 제대로 막을 수 있을까 싶은 방풍 재킷을 걸친 스무살 아가씨, 정승미. 그녀는 밖의 기자들에게 친절히 손을 흔들어 보인 뒤에 라운지로 걸어왔다.

"선배님!"

그러다 테이블에 앉아 있는 두 배우를 보고 쪼르르 달려왔다.

지진호는 혀를 차며 물었다.

"안 춥냐?"

"제주도는 따뜻하잖아요."

"거기도 겨울 시작이야. 우리가 무슨 동남아 열대지방 가는 줄 알아?"

"감상 포인트 확실하게 준비한 제 패션, 알아서 눈요기나 하시고요. 우리 그이는 아직 안 왔나요?"

정승미가 목을 쭉 빼 드라마 스태프들과 배우들이 곳곳에 모여 있는 안쪽을 살폈다.

"그이? 승미 너 휴가 동안 대놓고 들이댈 생각이구나?"

"당연한 소리 또 하면 입 아프죠."

"하긴, 지금 강민호랑 딱 붙어 있기만 해도 검색어 순위는 일도 아니니까. 나도 이참에 커밍아웃하고 민호 씨만 따라다닐까?"

"선배 애인은요?"

"이해해 줄 거야, 강민호라면. 같이 따라다닐 수도 있고."

안이현은 두 사람의 대화가 눈꼴셔서 못 봐주겠다는 듯 고개를 흔들었다. 그러다 게이트 밖으로 검은색 밴 하나가 도착한 것을 보고 툭 내뱉었다.

"두 분이 기다리던 사람, 저기 왔네요."

밴의 문을 열고 밖으로 나서던 민호는 다짜고짜 날아드는 플래시 세례에 약간 당혹스런 표정으로 양손을 흔들었다. 대한민국의 기자 숫자가 이리 많았나 싶었다.

"안녕하세요."

내려서자마자 꾸벅 고개를 숙이고 이동하려는데 셔터를 눌러대며 벌떼같이 다가서는 기자들 덕분에 몇 발 못 가 가로막혀 버리고 말았다.

"강민호 씨! 드라마가 방영된 수요일부터 연일 화제에 오르내리고 있는데요! 강민호 씨를 사랑하는 저희 GG매거진의 독자들에게 한 말씀만!"

"데일리 TV입니다. 배우 고혜자 씨와의 열연이 안방 시청자들의 심금을 울리며……."

"스카이다이빙을 직접 하신 건지, 대역 배우를 쓴 건지 한 커뮤니티에서 논란이……."

침착하게 인터뷰를 하고 싶어도, 일일이 대답하기가 힘든 속사포 같은 질문만 이어졌다. 내리기 직전 공 매니저에게 들은 팁대로 미소만 지은 채 손을 흔들고 게이트까지 이동했다.

그사이 다른 조연 배우들도 도착했으나 카메라 렌즈는 오로지 민호만을 향했다. 그중에 감초 비서 역할로 첫회부터 꾸준히 출연한 박진석은 손을 번쩍 들어 인사하다 무관심한 기자들을 마주하고 신음을 삼켜야 했다.

"강민호 씨, N 스타 시청자들에게 한 말씀 부탁합니다!"

"지금 생생 TV로 직접 중계 중입니다. 여기 좀 봐주세요!"

억지로 게이트 앞에 도착한 민호는 단 10미터 이동에 무려 10분을 소요하며 진이 다 빠져 버렸다.

"그럼, 잘 다녀오겠습니다."

인사를 마치고 비교적 한적한 공항 라운지 구역으로 들어섰을 때야 비로소 한숨을 내쉬었다. 인기라는 것이 한번 오를 때는 그 기세가 매섭다는 사실을 몸소 체험한 순간이었다.

'나도 경호원 같은 거 고용해서 막아야 하나?'

민호는 양팔을 쭉 늘어트리고 계속 웃는 표정을 유지하며 걷느라 지친 심신에 휴식을 주었다. 이전에 만나본 기자들은 이렇게까지 극성은 아니었다.

기사에 자신의 이름만 나와도 대중의 관심을 끈다던 공 매니저의 말도 있고, 세간의 화제에 오르는 것이 마냥 좋은 건 아니라는 생각이 들었다.

"민호 씨, 고생 많았어요."

라운지 한쪽에서 들려온 목소리에 민호는 늘어트렸던 몸을 바로 했다. 그리고 시선을 돌려 테이블에 앉은 세 사람을 바라보았다.

'으음.'

지진호, 안이현, 정승미.

지난번 점심을 같이하며 자신을 체할 뻔하게 만든 3인방이 나란히 앉아 있다.

어찌 보면 서은하와의 달콤한 데이트를 즐기기 위해 가장 경계해야 할 이들이었다. 서은하와 석 달 동안 동고동락하며 허물없이 지내왔다고 들은 터라 저들이 눈치 못 채게 빠져나오기가 쉽지 않으리라.

"안녕하세요. 다들 일찍 오셨네요."

민호는 표정을 관리하며 세 사람에게 다가섰다.

"오빠! 저랑 완전 커플룩인데요?"

아웃도어 스타일로 입은 정승미가 테이블에서 일어나 민호의 옆에 바짝 섰다. 그리고 몸매를 과시하듯 자세를 잡았다.

'이쪽은 왜 이리 춥게 입었데?'

나올 데 나오고 들어갈 데 들어간 몸의 굴곡이 그대로 드러난 옷차림의 정승미. 보통의 남자라면 땡큐를 외칠 수밖에 없는 상황이나 민호는 부담스럽기만 했다.

"딱히 커플 같아 보이지는 않는데……."

"디게 커플스럽거든요?"

민호가 옆으로 살짝 피하려 들자 정승미가 팔을 낚아채며 말했다.

"저희 기념사진 좀 찍어 주세요, 선배님."

"잠깐만."

지진호가 휴대폰을 들고 구도를 잡기 시작했다. 노란 재킷을 걸친 민호와 분홍 재킷을 걸친 정승미를 보며 말했다.

"둘이 어울려."

"그죠, 그죠?"

"이현아, 너도 서봐."

"저는 됐습니다."

정승미가 손으로 V 자를 그리며 팔에 바짝 붙자 민호는 움찔할 수밖에 없었다. 느끼지 말아야 할 것이 느껴진 까닭이었다.

'애국가. 애국가.'

민호는 심신 안정을 위한 노래를 머릿속으로 불러대기 시작했다.

찰칵.

사진을 찍자마자 민호는 팔을 빼고 얼른 피신했다. 하지만 정승미와 떨어진 자리에는 대화가 껄끄러운 안이현이 자리해 있었다.

산 넘어 산. 안이현에게 자신은 드라마 속의 애인이 될 뻔한 여인을 빼앗고, 드라마 밖의 인기도 상당수 가로채 간 놈이다.

"민호 씨, 어제 에필로그 잘 봤어요. 고혜자 선생님까지 등장하실 줄은 전혀 몰랐단 말이죠."

"홍 작가님이 다음 드라마에 캐스팅하셨다고 특별히 부탁하셨다고 들었어요."

"그러니까 그 특별 부탁을 민호 씨만을 위해 했다 이거잖아요. 주연 배우 섭섭하게."

역시나 곱지만은 않은 말투. 어떻게 이 난국을 부드럽게 타개할까 고민하던 와중에 정승미가 자리에 앉으며 말했다.

"어머, 이현 선배님. 우리 민호 오빠 연기 보셨잖아요. 그런 감성을 표현하려면 상대 배우가 고혜자 선배님 정도는 돼야죠."

"나는? 16강 탈락 신에서 상대 선수로 현역 테니스 스타 정도 나와 줘 봐. 얼마나 화제에 올랐겠어?"

"에이, 선배님은 은하 언니한테도 테니스 지잖아요."

"그 얘기가 여기서 왜 나와?"

민호는 둘의 대화가 말싸움으로 번질 기미가 보이자 진정부터 시키려고 했다.

"저기, 두 분……."

"민호 씨, 나 아침에 오다가 그 동영상 보고 깜짝 놀랐잖아요. 담벼락에서 진짜 뛴 거죠? 끝내주던데."

그러나 말을 끊으며 지진호가 불쑥 끼어들었다.

"여기도 난간 있는데 슬라이딩하는 거 한 번만 볼 수 있을까요? 그렇게 벽 밟고 날아다니는 걸 뭐라고 그러지?"

"파쿠르요? 그건, 보호 장비 없이는 위험……."

민호의 말이 채 끝나기도 전에 안이현이 정승미를 보며 코웃음을 쳤다.

"은하는 그렇다 쳐도, 너는 나한테 테니스 안 되잖아."

"해볼까요?"

"남녀 차이가 있는데. 됐다."

민호가 다투는 두 사람에게서 시선을 떼지 못하자 지진호가 고개를 돌려 인상을 썼다.

"야야, 너희 둘. 민호 씨랑 얘기 중이잖아. 싸울 거면 기자들 앞에서 해라. 나가서 일대일로 테니스 쳐. 주차장 넓더만."

"진호 선배야말로 스윙도 제대로 못 하면서. 가만있어 봐요. 승미가 기어오르는 거 안 보여요?"

"기어오르긴요! 우리 민호 오빠 실력은 아나 몰라."

"이현, 승미. 이것들이 고작 몇 달 배워놓고 선수인 줄 알아? 내 운동 신경이면 니들 둘은 그냥!"

전문배우 아니랄까 봐 다들 한번 말을 내뱉기 시작하니 정신이 없어졌다. 발성과 전달력이 일반인과 차원이 다른 이들의 싸움은 그 자체로 과장되어 보이면서도 민호를 혼란에 빠지게 했다.

도통 대화에 끼어들어 소통할 타이밍이 나오질 않아 민호는 머리를 쥐어뜯고 싶은 심정이 됐다. 여기서 같이 식사라도 했다면 체했을 것이 분명하다.

"저기요……."

'누가 나를 이 수렁에서 꺼내주오'라는 표정으로 멍하니 앉아 있던 그때.

"다들 여기 계셨네요."

민호의 가슴을 청량하게 뻥 뚫어주는 음성 하나가 있었다.

'은하 씨?'

목에 노란 스카프를 매고, 챙이 넓은 모자를 눌러쓴 서은하는 청초한 숙녀의 고품격 나들이가 무엇인지를 교과서처럼 보여주는 듯한 차림을 하고 있었다.

머리끝부터 발끝까지 이어지는 그저 아름다운 라인에 민

호는 정화되는 느낌마저 일었다.

지진호가 테이블 앞으로 다가온 서은하를 보고 눈을 크게 떴다.

"잉? 은하 너 게이트에서 오는 거 못 봤는데? 너 하나 남아서 기자들 눈에 불을 켜고 있었을 텐데."

"홍 작가님이랑 같이 뒤로 돌아 들어왔어요. 지금 주차하고 바로 오실 거예요."

"오호라, 개인 차 타고 편하게 왔구만. 너는 인기도 많으면서 연예인 밴도 없이 다녀, 기자들 헷갈리게. 여기 강민호 씨는 기자들한테 한참 시달리다 들어왔다고."

"그랬어요?"

서은하가 민호의 왼편에 앉으며 고운 시선을 지그시 마주쳐 왔다. '뭐 하고 있었어요?' 하는 듯한 안부 인사에 민호는 '별일 없었어요' 하는 눈길로 화답했다.

"그렇게 고생해서 들어온 민호 씨를 또 선배님들이 괴롭히고 있었던 거군요?"

서은하의 직접적인 물음에 지진호가 손사래를 쳤다.

"난 절대 아니다. 이현이만 틱틱거렸어."

"진호 선배. 이르기 있어요? 난간 좀 뛰어내려 달라고 부탁한 게 누군데."

"커험."

"민호 씨 괴롭히지 말라고 했죠? 안 그래도 바쁜 사람 오늘 겨우 쉬는 거라고요."

눈을 약간 흘기는 서은하의 시선에 지진호와 안이현이 딴청을 피워댔다.

민호는 이 순간 이 배우친목집단의 리더가 누구인지를 깨달았다. 지난번 점심때도 어렴풋이 감지했던 사실. 서은하의 말에 저 두 남자는 꼼짝도 못 한다.

"맘 편히 있어요, 민호 씨. 저 선배님들 연기인지 장난인지 모르게 짓궂은 말을 자주 하시거든요."

"아, 그럴게요."

단지 목소리를 듣는 것만으로 한없이 차분해지는 이 기분이라니.

민호는 여신의 강림으로 일어난 행복감을 만끽하다 정승미와 눈이 마주쳤다. 질투로 눈이 이글거리는 듯한 그녀의 모습에 당황한 것도 잠시.

'이크.'

정승미가 벌떡 일어나 플라스틱 의자를 집어 들더니 안이현과 자신 사이에 척 집어넣고 앉았다. 안이현이 옆으로 밀려나며 인상을 찌푸렸다.

"야, 승미 너 왜 그래?"

"비켜 봐요. 이제 알랭은 갔는데, 은하 언니가 자꾸 미련이 남아 보이잖아요."

"둘이 원래 친하다며? 화보도 같이 찍고. 넌 민호 씨한테 고백도 안 하고 질투부터 시작이냐?"

"고백은 알랭한테 수도 없이 했다고요."

"그리고 대차게 까였지."

"이현 선배. 이따가 진짜로 한판 붙어요."

민호는 이들의 대화에 서은하가 입을 가리며 웃는 것을 보고, 평소에도 저런 식으로 스스럼없이 대화하는 스타일이라는 것을 확실히 알게 됐다. 거기다 서은하가 평소에 자신의 얘기를 친구인 듯 잘해 놓은 것 같아 사귄다는 의심도 그다지 하지 않는 것으로 보였다.

'그래도 말이야.'

졸지에 양옆에 여인만 있게 된 이 상황이 마냥 즐거울 순 없었다.

"은하 언니, 민호 오빠랑 화보도 했다고요?"

"응, 가을이랑 겨울."

"그 T 브랜드 계절라인 말하는 거죠?"

톡톡, 하고 민호의 어깨를 손가락으로 건드리며 정승미가 말했다.

"민호 오빠. 저하고 제주도에서 화보 같이 찍을라우?"

"응?"

"기왕이면 찐한 포즈로."

정승미가 입술을 내미는 시늉을 하자, 서은하의 고운 눈썹이 살짝 꿈틀했다. 민호는 그것을 느꼈으나 뭐라 반응할 수가 없었다.

'크으.'

이럴 때는 화제를 돌리는 것이 최선.

"저기, 다들 혹시 스태프들 선물 준비하셨어요?"

민호의 말에 지진호가 어깨를 으쓱하며 말했다.

"당연하지. 시청률이 하늘을 뚫었는데 주연배우가 가만있을 수 있나. 난 제주도 바닷바람 좀 따숩게 견디라고 패딩 정도. 하하."

고가의 구스다운재킷을 근 백여 명에 달하는 스태프들을 위해 샀다는 지진호에 이어, 안이현도 최근 CF가 들어와서 협찬받은 패션브랜드의 최고급 가방을 남녀용 따로 구비했다고 자랑스럽게 얘기했다.

"저는 그냥 가볍게 화장품 세트 준비했어요. 은하 언니는요?"

"나는…… 신발. 푹신한 거로."

"신발이요? 그거 치수 맞추기 쉽지 않을 텐데."

"그래서 다 물어봤어."

차분한 서은하의 대답에 지진호가 "언제 또?"라고 입맛을 다셨다.

"은하야. 너 너무한다. 대충 세트로 왕창 사서 돈 뿌리는 인상만 주는 우리랑 비교되게 스태프들 일일이 챙겨주는 천사가 되겠다, 이거 아니야?"

"다 기분 좋자고 준비한 건데 그런 게 뭐가 중요해요. 선물했다는 마음이 중요한 거죠."

"이봐 이봐. 그 얼굴로 그렇게 예쁜 소리 하면 남들이 욕해요. 지나치게 완벽하다고. 너 그러면 남자 사귀기도 쉽지 않다. 승미처럼 약간 모자란 구석이……."

지진호가 정승미에게 고개를 돌렸다가 그녀의 강렬한 눈빛에 헛기침하고 말을 멈췄다.

"강민호 씨는 뭐 준비했어요?"

안이현이 묻자 민호도 이 배우친목회의 대화 흐름에 자연스레 참여할 타이밍이 나왔다.

"저는……."

민호는 게이트에서 막 걸어 들어온 김 코디가 큼지막한 쇼핑백 하나를 흔들어 보이는 것을 확인하고 대답했다.

"거창한 건 아니고요, 작은 향수를 샀어요."

"향수?"

"저기 갖고 오네요."

민호는 몇 날 며칠 밤을 지새우며 빡빡한 촬영에 임하는 스태프들이 뭐가 필요할지를 고민하다 오드리 브랜드의 '숙면 허브액'이 효과가 괜찮았던 것을 떠올렸다.

잠은 보약이다. 어차피 맨바닥에 그냥 잘 일 많은 스태프에게 잠시나마 편한 숙면을 허락할 수 있다면, 그것도 나쁘지 않으리란 생각에 미셸 대표에게 연락해 보았다.

회신은 바로 왔다. 얼마나 필요하냐고.

"시완아. 안에 스태프들 다 모여 있으니까 지금 나눠드려."

"네, 형. 근데 오드리 회사 관계자분이 대금은 필요 없다고 물건만 주고 가셨어요."

"어? 왜?"

"아직 한국 출시 전이라 가격도 정확히 정해진 바 없고. 무엇보다 소속 모델이 알아서 바이럴 마케팅을 해주겠다는데 오히려 돈을 지급해야 하는 사항이라고."

미셸에게 연락한 순간 모델 수락은 기정사실이 되리라 생각은 하고 있었으나 그렇다 해도 공짜라니.

"민호 오빠. 지금 오드리라고 했어요? 세계 최고가 향수 '파라다이스'를 생산하는 그 오드리?"

"아마도?"

"우와!"

정승미가 눈이 휘둥그레져서 한 병만 달라고 손가락을 들어 보였다. 그녀가 가까이 붙어 서자 김 코디의 얼굴이 확 달아올랐다. 민호는 속으로 웃으며 고개를 끄덕였다.

"시완아. 여기도 인원수만큼 올려두고 가. 개수 충분할 테니까 스태프든 배우든 상관없이 다 드려."

"알겠습니다."

김 코디가 손가락 두 마디만 한 병을 내밀자 정승미가 고맙다며 받아 들었다.

"얏호!"

손이 살짝 닿는 순간 너무도 행복한 표정이 된 김 코디는 향수병 세 개를 테이블에 더 올려놓은 뒤에 스태프들 틈으로 사라졌다.

"민호 오빠 능력자였네. 오드리 향수는 한정 생산이라 없어서 못 구하는 건데."

정승미가 다시 봤다는 듯 민호를 쳐다보다 향수병 마개를 살짝 열었다. 푸른 초원에 있는 것만 같은 상쾌한 향이 순식간에 주위로 퍼져 나갔다.

지진호가 큼하고 숨을 들이쉬더니 놀라서 말했다.

"나 향수 냄새는 잘 모르지만, 이건 진짜 좋은데?"

"당연하죠. 오드리는 확실하다고요. 이거 한 병이 선배님 패딩보다 비쌀걸요? 프리미엄 붙으면 더 비싸고."

"진짜?"

두 사람의 반응이 괜찮은 것을 본 민호는 선물 선택이 나쁘지 않았다고 생각하며 다시 테이블에 앉았다.

잠시 후, 김 코디가 강민호가 주는 선물이라고 말하며 스태프들에게 향수병을 나눠주기 시작하자 사방에서 민호에게 고맙다는 시선을 보내왔다.

"내 패딩은 그냥 묻히겠어. 제주도 도착하자마자 확 뿌리려고 했는데."

"제 가방도……."

"선배님들은 다행이에요. 제 화장품은 오드리에 비하면 명함도 못 내미는 수준이라고요."

민호는 테이블에 늘어선 병 하나를 손에 쥐고 서은하에게 내밀었다.

"은하 씨도 받아요. 여기 들어가는 허브액이 심신 안정에 좋대요. 공부할 때도 도움될 거고."

"고마워요."

"남은 기말 준비는 잘 돼가요?"

"이제 열심히 해야죠."

민호는 목소리를 낮춰 속삭이듯 말했다.

"저도 최선을 다해서 도와줄게요."

언제나처럼 미소를 짓는 서은하의 모습에 민호가 뿌듯함을 느끼기도 잠시. 정승미가 훅 끼어들었다.

"근데 민호 오빠. 향수 모델은 무슨 소리죠? 오드리 전속 모델이라도 된 거예요?"

"아, 그…… 파리에서 오다가 여기 대표님과 약간 인연이 있었어. 옆자리에 앉게 돼서."

정승미가 입을 벌리며 "꺄악" 하는 작은 비명을 질렀다.

"미셸 오드리도 만났어요? 여기 대표님 패션잡지 인터뷰 봤는데 완전 미녀에 일처리까지 기가 막힌 분이던데. 존경심이 저절로 들더라고요. 막 오빠한테 관심 있어서 모델 시켜 주고 그런 거 아니죠? 오드리면 자신 없다고요, 저. 미모나 돈이나 상대가 안 돼."

"그런 건 아니……."

민호는 이 순간 서은하의 눈썹이 재차 꿈틀거리는 것을 느꼈다. 하늘과 같은 마음으로 자신이 뭘 하든 매번 웃어주는 그녀라고 해서 질투가 없는 건 아니라는 사실.

"탑승 수속 아직 받지 않으신 분들은 지금 이동해 주십시오!"

이번에는 FD의 음성이 당장의 위기를 모면시켜 주었다.

"어마, 우리 수속도 안 밟고 떠들고 있었잖아요? 맨 뒤 안 좋은 자리 받겠네."

정승미가 황급히 짐을 들고 2층의 창구를 향해 이동했다. 지진호와 안이현도 티켓을 꺼내 정승미를 뒤따랐다.

"저, 은하 씨. 오드리 대표님은······."

"홍 작가님 오셨네요. 같이 앉아서 가기로 했으니까 제주
도에서 봐요, 민호 씨."

냉기가 풀풀 날리는 음성을 남긴 서은하가 먼저 2층으로
올라가 버렸다.

'으, 은하 씨.'

민호는 도착하면 어떻게든 오해를 풀어야겠다고 생각하며
나직이 한숨지었다.

제주도로 떠나는 첫발. 기분이 상한 듯한 서은하와 정신없
는 배우 3인방. 어째 기대감보다 우려가 먼저 든다.

불안감을 애써 억누르며, 민호도 수속을 위해 움직이기 시
작했다.

비교적 탑승수속을 늦게 밟은 민호의 좌석은 촬영감독 황
조훈과 조명감독 홍기천 사이였다.

"농담 마, 홍 감독. 조명하면 자네 색감을 능가할 사람이
어딨다고."

"그랬다니까? 민호 씨. 말 좀 해줘 봐. 그때 나 도와서 신
하나 찍었었잖아."

민호는 촬영 기술에 관한 두 사람의 대화가 비행기에 탄 이후 계속 이어진 탓에 '네네' 하고 고개만 끄덕이며 미소로 때우는 중이었다.

언제였는지 기억은 잘 안 나지만, 조명감독의 애장품으로 실제 촬영까지 도와본 기억은 있었다. 그러나 여기에 그때의 반사판이 있을 리가 없기에 대화에 참여하는 것은 무리였다.

"민호 씨 반사판 다루는 솜씨가 내 밑에 있는 애들보다 나았다고."

"홍 감독님, 그렇게까지는 아니었어요."

"겸손하긴. 아, 모르는 게 없더라니까."

그렇게 민호가 난감해하는 동안 앞좌석에서 툭 튀어나온 머리가 있었다.

"어머머. 민호 오빠가요? 우와. 우와."

"승미야, 너는 아까부터 왜 이렇게 알짱대? 곧 이륙하잖아. 앉아."

홍 감독의 말에 정승미가 히죽 웃으며 말했다.

"감독니임~ 저랑 자리 좀 바꿔 주시면 안 돼요?"

"왜? 민호 씨 때문에?"

"아시믄서~"

애교가 철철 넘치는 그녀의 말투에 홍 감독이 승낙할 기미가 보였다.

'안 돼!'

민호는 반대편 창가에 앉아 있는 서은하를 흘끔 확인하고 식은땀이 흘러내리는 것을 느꼈다. 그녀가 알아채기 전에 수단과 방법을 총동원해 정승미를 떼어놓을 방법을 찾아야 한다. 일단 회중시계부터 꺼내 열었다.

째깍째깍.

-승미가 민호 씨한테 관심 있는 줄 몰랐네.

-제 연기는 순도 100%로 진심이 담겨 있던 거였어요.

-그럼 민호 씨도 진심인가? 알랭이 보나 계속 깠잖아.

-어머, 감독님!

그렇게 대화가 30초가량. 기어코 자리를 바꾸고 승무원이 벨트를 매달라고 주의를 시키기까지 1분이 더 걸렸다.

미래를 엿보니 시간을 조금만 끌면 되겠다 싶었다.

"……제 연기는 순도 100%로 진심이 담겨 있던 거였어요."

"거짓말."

민호는 바로 대화에 끼어들었다.

"어머, 민호 오빠! 무슨 얘길 하시는 거예요."

"장 교수님 말씀이, 승미 너는 머리로 생각해서 연기하는 연기자라던데?"

그녀의 스승 장두일이 실제로 한 말이었기에, 정승미는 눈을 치켜떴다.

"언제 그런 얘기 나누셨어요?"

"배우가 배역에 잡아먹히면 안 된다고. 아주 좋은 얘기를 해주셨거든."

연기에 대한 진지한 이야기를 유도하자 1분은 금세 지나갔다.

-……지금부터 안전을 위해 좌석 벨트를 매주시고 좌석 등받이와 테이블을 제자리로 해주십시오.

"아이참, 벌써 출발이야."

다행히도 자리를 바꿀 시도를 할 틈도 없이 안내방송이 시작됐다.

'휴.'

이륙하고 나서 또다시 바꾸려 들것을 염려한 민호는 그대로 호리병을 열었다. 흔들어서 취화정을 만들어낸 민호는 주위의 눈치를 살피다 혼잣말처럼 말했다.

"아우, 피곤해. 저는 한잠 자야겠어요, 감독님."

복용하자마자 그대로 잠이 몰려왔다.

제주 국제공항.

인솔 책임을 도맡은 조연출 이원호가 앞으로 달려 나오며 소리쳤다.

"오른쪽 주차장에 버스가 대기 중입니다! 화장실 다녀오실 분은 지금 다녀오시고, 30분 뒤! 11시에 출발합니다."

드라마 스태프들과 주·조연 배우들, 그들의 매니저와 식구들까지. 도합 이백여 명에 달하는 인원이 공항 밖으로 나와 처음으로 마주한 것은 서울과는 색감이 다른 청명한 하늘이었다.

"와, 여긴 아직 온기가 있네. 남쪽 나라는 다르긴 다르구나."

누군가의 중얼거림에 모두 공감한다는 듯 고개를 끄덕였다.

민호도 하늘을 보았다가 깨끗하게 정비된 도로로 시선을 내렸다. 아직까진 제주도만의 경치라고 할 것은 없었으나, 공기만큼은 전혀 달랐다. 맑은 맛이 좋다고 해야 할까? 공기에서 무슨 맛이 나겠느냐마는.

'서울 공기가 그만큼 나쁘다는 거겠지.'

아버지 윤환이 기거하는 본가 주변의 공기는 꽤 괜찮았다. 그래서 거기 계속 살고 계신지도 모르겠다.

'그나저나……'

이런 감상을 전하며 이야기를 나누고 싶은 서은하는 현재 동료 배우들에게 둘러싸여 빠져나올 틈이 없어 보였다. 이륙 전, 그녀가 보인 반응이 마음에 걸린 통에 민호의 심정은 제주도의 하늘만큼 밝지는 못했다.

일단은 단둘이 있는 상황을 만드는 것이 급선무라는 생각에 고민하며 걷던 민호는 주차장에 도착하자 눈이 휘둥그레졌다.

버스가 늘어서 있는 곳 한가운데 보기만 해도 입이 떡 벌어지는 스포츠카 3대가 자리해 있기 때문이었다.

민호와 똑같은 궁금증을 느낀 지진호가 그의 매니저에게 물었다.

"저거 뭐래? 우리 거야?"

"홍은숙 작가님께서 이벤트 하신다고 섭외해 놓은 겁니다."

"홍 작가님이?"

버스 한쪽, 짐을 싣고 걸어 나온 홍 작가가 얼굴 활짝 미소를 지으며 주차장에 온 사람들에게 외쳤다.

"자, 모두 모여요. 지금부터 깜짝 이벤트를 할 거니까!"

일행 모두 웅성거리며 주차장 한곳에 모여들었다.

"숙소까지 그냥 가면 재미없죠. 게임 하나 잠깐 해서 우승한 사람 3명 저걸 탈 기회를 줄게요."

"우오오오!"

스포츠카에 로망을 가진 젊은 스태프들이 먼저 불타올랐다.

"2인승이니까 승자가 옆에 누굴 태우든 자유. 지목하면 군 말 않고 타기야~ 즉석 복불복 드라이브도 겸하는 거지."

웃으며 말하는 홍 작가의 눈빛에서 민호는 자신과 서은하에게 둘도 없는 기회를 주고 있다는 것을 직감했다.

'감사합니다, 홍 작가님!'

민호의 가슴속은 전의로 불타올랐다.

"게임은 모두 참여할 수 있는 간단한 거로."

홍 작가가 주머니에서 100원짜리 동전을 꺼냈다.

"동전 던지기. 기회는 딱 1번."

동그란 그림이 그려진 도화지 하나가 주차장 한복판에 놓였다. 저 원과 가장 가까운 곳에 동전을 던진 세 사람이 특별 렌트한 스포츠카를 운전할 기회를 얻게 되는 이 게임은 간단해 보여도 무려 이백 명이 참여하는 빅 이벤트였다.

제주국제공항의 공영주차장 한쪽에서 시작된 게임에 사람들은 저마다 동전을 손에 쥔 채 긴장된 표정으로 줄을 섰다.

첫 시작은 드라마 책임 연출자 권우철 PD였다.

"얍!"

팅, 하고 아스팔트 바닥에서 튕겨 오른 동전이 떼구르르 굴러 저 멀리 사라지자 사람들이 박장대소했다.

"저거 완전 운 아니야?"

"모르는 소리. 낙하지점 확실하게, 덜 튕기게 던지는 요령이 필요하다고."

동전 던지기라는 간단한 게임에 저마다 분석과 의미를 부여하며 하나둘씩 동전을 던져나갔다. 초단위로 환호와 탄성이 오가고, 도화지 위에 처음으로 동전을 올린 인원이 나왔을 때는 박수까지 터져 나왔다.

"아싸! 기다리십시오, 서은하 씨!"

"내가 아직 2등이야. 승미 씨와 데이트라니. 이게 무슨 횡재야!"

"이제 시작인데 꿈들도 크셔."

백여 명이 자신의 순서를 끝내자 점차 원 중심부에 동전이 자리하기 시작했다.

"으아아, 내꺼 밀렸어!"

동전이 동전을 맞춰 튕겨 나가는 일까지 비일비재했다. 도화지 위의 동전은 총 10개. 아직까지 중심부를 정확히 차지한 것은 없었다.

"이게 뭐라고 이렇게 긴장되냐."

민호는 앞에 서 있는 지진호의 음성에 내심 같은 마음인지라 고개를 끄덕거렸다.

지식을 겨룬다거나, 요령과 방법이 다양한 게임이 아니었기에 변수가 너무 심했다. 하다못해 중앙에 넣어도 다른 사람이 튕겨내 버리면 게임 오버.

'믿을 건 점자시계뿐이야.'

손끝의 감각을 최대한으로 키워주는 점자시계와 요원의 민첩한 센스가 담긴 반지, 회중시계를 통한 바람 방향과 변수 예측이라는 무기를 들고 있음에도 불안감이 좀처럼 가시지 않았다.

민호는 따로 여자들만을 위한 자리에 서 있는 서은하를 보며 '제발, 제발'을 쉼 없이 중얼거렸다. 그러다 김 코디가 잔뜩 긴장해서 동전을 던지는 모습을 보았다.

'저런.'

맥없이 굴러가는 동전. 정승미와의 꿈같은 드라이브를 꿈꿨을 김 코디의 염원은 대략 70등 정도 순위에 머무는 것으로 무참히 종료됐다.

지진호는 그의 매니저 차례가 오자 목소리를 높여 물었다.

"상봉이 너, 누굴 태우려고 그렇게 집중하는 거냐?"

"태울 사람이야 많죠, ㅋㅎㅎ."

"그래? 나 지금 제수씨랑 통화 중인데 어디 한번 크게 말해 줄래?"

지진호가 휴대폰을 손에 들고 흔들자 매니저 상봉은 동전을 손에 쥐고 몸이 굳었다. 이러기 있느냐는 원망의 눈길.

"에잇! 숙희야 사랑한다!"

냅다 아무 곳에나 던져 버리고 눈물을 훔치며 돌아서는 상봉의 모습에 스태프들이 배꼽을 잡았다. 가볍게 경쟁자 하나를 처치한 지진호가 민호를 돌아보며 말했다.

"쟤가 잡기에 능한 애라서 말이야. 민호 씨는 누굴 태울 거야?"

"저야……."

아침의 대화로 부쩍 친해졌다 여겼는지 지진호는 민호를 편하게 대하는 중이었다. 게다가 목소리가 꽤 컸기에 여자들이 모여 있는 쪽에서 시선을 집중하는 것이 느껴졌다.

"홍 작가님 편안히 숙소까지 모셔다드려야죠."

"다음 드라마 같이한다고 벌써 로비 들어가?"

"뭐, 하하."

다행히 부드럽게 넘겼다. 그새 시선이 마주친 정승미가 민호를 보더니 두고 보시라는 눈길로 V 자를 그렸다.

'가만. 승미가 우승해도 큰일이잖아?'

여자를 배려해 남자보다 반절 이상 가까운 곳에서 던지기로 협의를 본 통에, 자칫 위험해지겠다는 생각이 들었다.

"가운데!"

누군가의 외침에 고개를 돌려보니, 음향 쪽 스태프 하나가 마침내 정중앙에 동전을 넣는 것에 성공했다.

"저건 딱 봐도 우승 사이즈네. 이제 2자리 남았나?"

지진호가 중얼거렸다.

5분 후, 지진호가 실패하며 민호의 차례가 왔다. 남자 쪽 줄은 거의 다 사라져, 선 뒤에 모여 있는 인원도 십여 명밖에는 남지 않았다.

"후우."

고른 심호흡을 한 민호는 점자시계를 터치했다. 지진호의 차례 동안 회중시계로 꼼꼼히 살펴본 바, 향후 6분간의 차례에서 자신의 동전이 얻어맞아 튕겨 나가는 사고는 일어나지 않았다.

'정중앙으로! 가자!'

시뮬레이션대로 손끝에 모든 정신을 집중했다. 동전의 돌기 하나하나까지 세밀하게 촉감 세포를 타고 민호의 신경에 고스란히 전달됐다. 그렇게 앞으로 던지려는 순간, 민호는 저 멀리 주차장 외곽에서 은은한 빛이 어려 있는 차를 보았다.

'택시?'

붕붕이를 제외하고는 처음 보는 애장차량이었기에 관심이 가지 않을 수 없었다.

"민호 씨, 안 던져?"

앞서 실패한 지진호의 음성에 퍼뜩 정신을 차린 민호는 팔을 아래로 내렸다가 서서히 올렸다.

'힘 조절, 힘 조절.'

동전이 손끝을 떠나는 그때까지 집중에 집중을 거듭했다.

휙.

포물선을 그린 민호의 동전이 도화지 중앙에 닿았다. 그 그림 같은 정확도에 보는 이들 모두 감탄사를 터뜨렸다. "됐어!"라고 환호하던 민호는 동전이 바닥에서 튀어 오르며 살짝 비켜나는 것을 보고 아찔함을 느꼈다.

천만다행으로 많이 이동하지 않고 바로 옆에 떨어졌다.

"민호 씨, 3위야! 대박!"

지진호가 민호의 등을 두드리며 웃었다. 민호는 십 년 감수한 표정을 지은 후, 멀리 보이는 택시에 시선을 던졌다. 하마터면 흔들려서 실패할 뻔했다.

거의 순위가 확정적인 가운데 남자들의 차례가 끝나고 여자의 차례가 왔다.

"확실히, 여자는 잘 못 던지네. 축하해, 민호 씨."

동전이 중구난방 날아가는 모습에 혀를 차던 지진호가 민호에게 미리 축하를 전했다.

여자 쪽은 한참 앞에서 던짐에도 중앙에 닿지 못하고 떨어져 나가는 동전이 태반이었다. 삼십여 명의 인원이 거의 다 던져 갈 즈음까지 순위권을 위협하는 동전은 없었다.

"돌하루방님. 제게 힘을 주세요!"

그 와중에 정승미가 기합소리와 함께 동전을 던졌다.

민호는 '그렇게 빈다고 되겠어?'하고 대수롭지 않게 여기다가 동전이 도화지에 닿아 핑그르르 도는 것을 보고 눈이 커졌다. 착지점이 자신의 동전 근처였다.

"뭐야, 저거?"

"승미 씨 운 엄청나네."

"근데 저건 누가 이긴 거래?"

사람들의 대화소리와 함께 민호는 절망을 느껴야 했다. 자신의 동전 위에 포개져 버린 정승미의 동전. 하필이면 위치도 중앙에서 더 가까웠다.

"민호 오빠! 봤죠? 운명이라니까요, 우리!"

정승미가 활짝 웃으며 뛰어왔다. 민호는 씁쓸한 웃음으로 축하를 전했다.

"스포츠카 타더라도 나는 택하지 말아 줄래?"

"왜요?"

"홍 작가님과 얘기할 것도 있고……."

"그건 숙소 가서 하시고요. 제가 죽여주는 올레길 하나 아는데 따로 가서 데이트 좀 하실라우?"

핑계를 대봤으나 일축하고 팔짱을 끼려 드는 정승미.

"시완아! 내 가방 어디다가 놨어?"

민호는 딱히 용건이 없음에도 코디를 부르며 자리를 피했다.

30분간 사람들을 즐겁게 했던 동전 던지기가 거의 마무리되어 갈 무렵. 서은하의 차례가 왔다. 그녀의 옆에 서 있던 홍 작가가 아쉽다는 얼굴로 말했다.

"민호 씨가 예상대로 순위권에 들었었는데 아깝네. 어떡해, 은하 씨?"

"홍 작가님."

"응?"

"저희 아빠와 수사2팀 형사님들이 모였다 하면 내기를 자주 하시거든요."

"그게 왜?"

"다들 이 정도 거리는 눈감고도 맞춰요."

그건 그들과 어울릴 일이 많았던 서은하 역시도 마찬가지. 팅, 하고 동전을 튕겼다가 손목의 스냅으로 잡아챈 그녀가 가볍게 미소 지었다. 홍 작가는 이 게임을 그녀가 제안한 이유가 이거였음을 깨닫고 '어머' 하고 입을 가렸다.

부드럽게 날아간 동전이 도화지의 정중앙에 닿았다. 구경하고 있던 정승미의 눈이 휘둥그레졌다.

"은하 언니이—!"

"서은하 씨가 1등 했어!"

모두가 놀라는 결과.

서은하는 아무렇지도 않은 듯 어깨를 으쓱해 보인 뒤, 입을 떡 벌리고 있는 민호를 보았다.

"운이 좋았네요, 호호!"

내 남자는 내가 지킨다.

홍 작가는 민호와 서은하를 번갈아 지켜보며 참 재밌는 커플이라고 중얼거렸다.

"저는 알랭과 이별 드라이브를 해야겠어요."

1위의 서은하가 당당히 한 사람을 지목했다. 오늘 이 시간까지 대한민국에서 제일 핫한 남자, 강민호.

스태프들은 별다른 의심 없이 그럴 줄 알았다는 듯 물러났다. 오로지 정승미만 뺨이 퉁퉁 부어올라서 입술을 삐죽 내밀었을 뿐.

2위의 음향스태프가 실제 그의 애인을 택하고, 3위의 중년 배우가 아내로 나왔던 여배우를 택하자 깜짝 이벤트가 막을 내렸다.

"점심은 횟집에서 공수한 신선한 해산물 세트입니다! 숙소에 준비해 뒀으니 이동부터 하겠습니다!"

전부 차량에 탑승하는 시간.

"은하 씨."

민호는 서은하의 옆으로 머뭇거리며 다가섰다.

"아까 미셸 대표님 얘기는 있잖아요."

"알아요. 민호 씨가 매력을 흘리고 다니니까 관심을 둔 거죠?"

"딱히 그런 건 아니지만……."

가만히 민호를 흘겨보던 서은하는 픽 웃더니 스포츠카의 차키를 민호에게 내밀었다.

"저 화 안 났어요. 승미가 민호 씨한테 관심 표현한 게 어제오늘 일도 아니고. 그냥 오늘 같은 상황이 앞으로도 많겠구나 싶어서 조금 질투가 난 것뿐이에요. 이상하죠? 더 좋아하게 되니까 민호 씨를 자꾸 구속하고 싶어지는 마음이 들고."

"평생 구속해도 돼요."

"평생이요?"

민호는 본심이 툭 튀어나오다 보니 평생이라는 단어가 갖는 무게감이 뒤늦게 생각났다. 서은하도 그것을 느끼고 뭐라 말을 못 잇는 미묘한 적막이 흘렀다.

"그게, 은하 씨……."

"민호 형! 저희 버스 이제 출발하는데 따로 짐 맡길 거 있어요?"

김 코디가 때마침 다가오지 않았다면 어색해질 뻔했다. 민호는 "어, 괜찮아" 하고 대답하다 갑자기 생각이 번뜩 들었다.

"은하 씨."

민호가 급히 부르자 서은하는 움찔 놀라 "네?" 하고 되물었다.

"우리 숙소까지 택시 타고 가요."

"그거야 민호 씨 마음대로…… 네? 뭐라고 했어요, 지금?"

"택시요."

주차장 반대편 도로에서 대기 중인, 은은한 빛이 어려 있는 택시에 시선이 꽂힌 민호가 말했다.

"가면서 할 얘기도 있고. 저 스포츠카 빠르긴 한데 승차감도 별로고 시끄럽기만 해서. 괜찮죠?"

이렇게 물어오는 민호의 눈동자에서 초롱초롱한 기색을 발견한 서은하는 내심 웃으며 고개를 아래위로 끄덕였다. 허락을 받자마자 민호가 소리쳤다.

"시완아! 버스 타지 말고 이리로 와!"

80.
금요일 밤의 열기(2)

달칵.

"어서 오십시오, 손님~"

택시기사의 친절한 음성과 함께 민호는 애장품의 빛이 흡수되어 사라지는 것을 보았다.

'오오!'

이 개인택시 안은 보통의 택시와는 달리, 제주도의 풍광이 담긴 폴라로이드 사진이 곳곳에 장식되어 있어 운치가 상당했다. 민호의 뒤를 이어 올라타던 서은하도 안의 인테리어에 놀란 얼굴이 됐다.

민호는 운전석 옆에 붙은 택시기사의 정보를 살펴보았다. 쉰 살은 되어 보이는 얼굴 사진에는 인자한 기색이 가득 담겨 있었다.

사진 아래 임우식이라는 이름을 확인한 민호는 차에 탄 순
간부터 밀려 들어오는 지식에 만족하며 고개를 끄덕였다.

수십 년 동안 택시기사를 해오며 제주도의 아름다움에 심
취해 있는 주인의 경험이 그대로 체험이 된 까닭에, 스포츠
카 드라이브를 버리고 택시를 잡길 잘했다는 생각이 절로 들
었다.

'최고의 관광 가이드를 찾은 거지! 후훗.'

손님이 모두 좌석에 앉은 것을 확인한 임우식 기사가 얼굴
가득 친절함이 배인 미소를 지으며 물었다.

"신혼여행 오셨나 봐요?"

이 말에 민호와 서은하는 서로 간에 시선을 겹쳤다가 얼굴
이 잔뜩 붉어졌다. 임 기사는 두 사람의 풋풋한 기색에 웃음
꽃을 피운 채로 시동을 걸었다.

민호는 서은하의 손에 과감히 자신의 손을 겹친 채 말했다.

"저희 신혼부부 같아 보이세요?"

"척하면 딱 아니겠습니까. 두 분 분위기가 정말 행복해 보
입니다."

임 기사는 자신과 서은하를 연예인인지 전혀 못 알아보는
눈치였다. 민호는 농담 삼아 말했다.

"한눈에 반해서 밤새 쫓아다녔더니 이 여자가 허락해 주더

라고요."

"가슴에 담아두는 것보단 먼저 고백한 사람이 행복한 거랍니다."

정말 신혼부부인 척해 버리자 서은하가 놀란 눈으로 민호를 보았다.

"민호 씨……."

민호는 작게 괜찮을 거라고 속삭였다. 택시에서 느껴지는 성향도 그렇고, 평소 TV는 보지 않고 제주의 자연을 벗 삼아 운전만 즐기는 분임을 확신할 수 있었기에 절대 안심이었다.

"어디로 모실까요?"

부끄러운지 창밖을 보는 척하고 있던 서은하가 이 물음에 고개를 돌리며 말했다.

"잠시만요, 기사님."

급히 가방을 연 서은하가 안에서 꺼낸 것은 포스트잇이 잔뜩 붙어 있는 책자였다. '제주시민처럼 여행하는 법'이란 제목에 민호는 그녀와 유럽의 거리를 거닐었던 때가 생각나 웃음이 나왔다.

프랑스에서도, 스위스에서도, 그녀는 관광책자를 전부 머릿속에 담아두고 하나하나 자세히 설명해 주었었다.

"민호 씨, 기왕 따로 나온 거 우리 구경 하나 하고 가요."

촤르륵, 책자를 넘기며 미리 체크해 놓은 장소를 확인하던 서은하가 말했다.

"이맘때는 휴애리에서 감귤체험이나 흑돼지를 구경해도 좋고, 올레길 산굼부리의 억새꽃도 괜찮대요."

"그래요?"

선택을 고민하던 민호의 머릿속엔 임 기사의 오랜 경험이 녹아 있는 택시 때문에 다른 장소에 대한 생각들이 자꾸만 떠올랐다.

눈 오는 날의 1100번 도로. 어숭생악을 오르며 보는 눈꽃 산행. 오늘처럼 겨울임에도 따뜻한 날에는, 포구의 방파제 위에 앉아 햇빛과 바람, 바다를 동시에 느낄 수 있는 곳도 좋다.

안내책자에서는 볼 수 없는 제주도의 수많은 장소가 계속해서 눈앞에 아른거렸다. 그리고 그것들은 특정한 장소를 지정해서 가기보다는 발걸음 가는 데로 걷다가 마주친 곳을 택하라고 자꾸만 민호를 유혹해 왔다.

택시 곳곳에 붙은 폴라로이드 사진은 단순히 카메라로 풍경을 담은 것이 아니었다. 하나하나 눈으로 셔터를 눌러보고, 망막필름에 새겨, 가슴속에 인화한 택시 주인의 추억들이었다.

"민호 씨. 어디로 갈까요?"

서은하가 지도를 펴서 민호에게 보였다. 그녀와 단둘이 애

틋한 추억을 쌓고 싶은 공간을 굳이 인위적으로 택할 필요가
있을까? 별생각 없이 채널을 돌리다 우연히 본 영화가 더 오
래 기억에 남듯 말이다.

"제주도는 어딜 가나 멋지잖아요. 숙소 가는 길에 괜찮은
데서 내렸다가 가요. 기사님, 저희 숙소가 이시돌 목장 근처
에 있거든요. 그리로 일단 가주세요."

느긋한 민호의 말에 임 기사도 빙긋 웃더니 차를 출발시
켰다.

공항을 벗어나 한적한 해변도로에 접어들자 같은 한국땅
이라는 것이 믿기지 않는 청정자연이 모습을 드러냈다.

민호는 고운 바다색을 배경으로, 가만히 창밖을 내다보는
서은하의 옆모습에 시선이 머물렀다.

쓰고 있던 모자를 목 뒤로 넘긴 채로 멍하니 밖을 구경 중
인 그녀. 공항에서도 느낀 거지만, 저렇게 예뻐도 되나 싶었
다. 이러고만 있어도 몇 시간이든 보낼 수 있을 것만 같은
기분.

"은하 씨."

"네?"

"앞으로는 이렇게 자주 데이트해요."

서은하가 웃으며 '그래요, 우리' 하는 정다운 눈빛을 보내

왔다. 신혼부부인 척하는 걸 부끄러워하더니 지금은 괜찮은 듯했다.

민호는 아까부터 꼭 붙잡고 있던 그녀의 손에 더 힘을 주었다. 창문에서 찬바람이 새어 들어오는 것도 아니건만, 행여라도 추울까 봐 절대 놓아주지 않겠다는 다짐을 계속하게 된다.

"근데 민호 씨가 바빠져서 시간이 날까 모르겠어요."

"아무리 바빠도, 무슨 수를 써서라도 냅니다, 시간."

"그런 말이 어딨어요. 저는 괜찮으니까 무리하진 마요."

품 웃는 서은하에게 민호는 이번 한주의 스케줄을 무사히 끝내기 위해 온갖 노력을 기울였음을 칭찬받고 싶어졌다.

정승미의 연기에 한 방 먹었다가 겨우 갚아준 것부터 해서, 가수왕과 인연을 맺질 않나, 반장님과 마주치질 않나, 헬기에서 뛰어내리질 않나. 그러다 그 끝의 목적이 불순한 의도였음을 깨닫고 헛기침하며 자랑할 생각을 접어야 했다.

"손님, 이 앞에 괜찮은 마을이 있는데."

택시기사의 음성에 민호는 한적해 보이는 돌담길이 늘어선 마을의 전경에 시선을 두었다.

"폭낭도 있고, 비자나무도 있고. 은하 씨, 저기 어때요?"

"와, 마을 예쁘네요. 근데 폭낭이 뭐예요, 민호 씨?"

제주도 방언이 헛나온 민호는 판타지 영화에 나올 법한 신기한 느낌의 나무를 가리켜 보였다.

"저걸 폭낭, 팽나무라고 한데요. 저희 여기서 내릴게요, 기사님."

요금을 치르고 민호와 서은하가 택시에서 내려섰다.

"좋은 하루 되세요, 손님~"

"감사해요, 기사님!"

민호는 나중에도 만날 수 있길 기원하며 제주관광의 특급 보물 같은 택시를 떠나보냈다.

"산책 데이트 출발할까요?"

마을의 입구에만 섰을 뿐인데도 제주도 특유의 내음이 가득한 모습이 눈에 들어와 잔뜩 기대됐다. 서은하가 "출발!" 하고 신나서 걸어가려 하자 민호가 황급히 그녀의 팔을 붙잡았다.

"은하 씨, 안 추워요?"

"괜찮아요. 여기가 서울보다 훨씬 따뜻하네요. 가을 날씨 같아요. 민호 씨 추우면 목도리 꺼내 줄……."

민호가 왼팔을 허리에 대고 손가락으로 가리키자 서은하는 그제야 의도를 알아채고 못 말리겠다는 표정이 됐다. 그러며 싫지 않은 듯 민호의 왼팔에 바짝 붙어 섰다.

그렇게 팔짱을 낀 연인은 제주도의 한 시골마을을 여행하기 시작했다.

"반장님이 또 특명을 내리셨어요. 은하 씨 옆에 어떤 놈팽이도 접근 못 하게 하라고."

"아빠는 참. 제일 위험한 놈팽이가 여기 있구만."

"어디요? 안 보이는데?"

돌담 사이로 묘하게 풍겨오는 라임향 같은 냄새, 비자나무의 공기가 두 사람의 발걸음을 경쾌하게 했다.

파란 하늘 아래, 끝없이 펼쳐져 있는 돌담이 동서남북을 아늑하게 감싸고 있는 마을. 귤나무의 노란 빛깔이 곳곳을 수놓은 이곳의 분위기에 감탄하던 민호는 이대로는 안 되겠다는 생각에 걸음을 멈췄다.

"은하 씨. 못 참겠어요."

"뭐가요?"

"위험한 놈팽이. 그거 당장 돼야겠어요."

이렇게 내뱉고 돌담 옆으로 서은하를 잡아끌었다. 팔짱을 끼고 있기에 그대로 딸려온 그녀가 긴장한 얼굴로 민호를 바라보았다.

드센 배우 3인방을 휘어잡던 그녀의 선한 카리스마도, 사랑하는 연인 앞에서는 단칼에 무장해제됐다.

민호는 서서히 그녀에게 입술을 가져갔다.

누군가의 시선을 신경 쓸 필요가 없는 공간. 이제 막 사랑을 꽃피운 연인들의 행복은 오늘 내로 끝나지 않을 듯이 계속 이어졌다.

　"봉사활동이요?"

　"네, 예정되어 있던 거라 방학하고 곧바로 출발하게 됐어요."

　옛 성곽 터에 앉아 서은하와 손을 붙잡은 채로 이야기꽃을 피우고 있던 민호는 앞으로의 수많은 데이트에 걸림돌이 될 법한 그녀의 스케줄에 안타까운 표정이 됐다.

　"가면 며칠이나 있어요?"

　서은하가 조심스레 손가락 1개를 들어 보였다.

　"하루?"

　그게 말이 되느냐며 고개를 흔드는 서은하.

　"이, 일주일?"

　"아니요. 한 달이요."

　연예계 활동으로 이름이 알려진 입장이라, 봉사단체를 대표하는 친선대사로 지정돼서 일정이 길어졌다는 서은하의 설명에 민호는 억장이 무너진다는 듯 머리에 손을 올렸다.

　"아프리카에 은하 씨의 도움이 필요한 사람들이 많다는 건 알아요. 하지만 한국에도 있다고요. 하루라도 은하 씨 못 보면 병에 걸릴 남자가."

　"매일 전화할게요."

"그걸로는 안 돼요."

그냥 두면 따라올 기세인 민호를 보며 서은하는 그의 입술에 쪽, 하고 입을 맞춰 주었다.

"이걸로는요?"

"턱도 없습니다."

"민호 씨이~"

두 손을 맞잡고 눈을 깜박거리며 올려다보는 서은하. 어제 가르쳐 준 애교까지 선보이는 그녀를 보고 있자니, 민호는 한숨을 내쉬며 고개를 끄덕일 수밖에 없었다.

"외교관이 되려면 난민캠프 구호활동이니 UN친선대사니 하는 경험이 도움되는 거잖아요. 저 쩨쩨한 남자 아니니까 그런 일 있으면 언제든 은하 씨 생각대로 해요."

"아이구, 착하다. 우리 민호 씨."

자신의 머리를 쓰다듬으며 좋아하는 서은하의 모습은 적극적이어서 그런지 평소와는 느낌이 달랐다. 민호는 혹시 해서 물었다.

"은하 씨 술 마신 거 아니죠?"

"안 마셨어요. ……마실까요?"

"아니, 마시면 안 돼요."

여기서 그녀가 더 많은 매력을 흘려대면 흥분을 주체 못할지도 모른다.

"방학 하고 바로 출발하면 은하 씨랑 크리스마스도 같이 못 보내겠네요."

"그전에 미리 보내요. 크리스마스처럼."

"안 돼요. 10일쯤에 '맨 앤 정글' 촬영차 출국해야 해서. 이브 때 짠 하고 나타나려고 했다고요."

기껏 드라마도 끝났건만, 바쁜 스케줄의 벽이 시간 차로 가로막는 통에 정작 데이트할 시간은 많아 보이지가 않았다.

"오늘은 1초도 떨어져 있지 말자고요."

"괜찮을까요, 민호 씨? 지금도 너무 우리 둘만 있는 거 같은데."

"홍 작가님이 서포트 잘해주실 거예요."

"민호 씨 다음 드라마 같이한다고 홍 작가님께 자꾸 폐만 끼치는 거 아닌지 모르겠어요."

"혼신의 힘을 다한 연기로 보답해 드릴 테니까, 은하 씨는 걱정하지……."

지이잉.

마침 전화가 왔다.

"엄마네?"

서은하가 '잠깐만요' 하고 휴대폰을 들고 일어서는데 민호의 휴대폰도 동시에 울렸다.

'공 매니저님?'

통화 버튼을 누르자 다급한 음성이 들려왔다.

－민호 씨. 거기 서은하 씨 있습니까?

"네, 옆에 있어요."

－서울에서 연락이 왔는데 은하 씨의 아버님이 잠복근무 도중에 다쳐서 지금 병원에…….

민호는 흠칫 놀라 서은하를 보았다. 서은하도 얼굴이 사색이 된 것이 같은 소식을 듣는 모양이었다.

－어디 계십니까? 지금 차 한 대 보낼 테니까 바로 공항으로 이동해 주십시오.

"그럴게요. 여기가 어디냐면요……."

오후 4시.

가장 빠른 비행티켓을 구매해 다시 서울로 돌아오기까지, 민호는 서은하의 걱정뿐이었다.

"네, 홍 작가님. 지금 김포공항 도착해서 차 기다리고 있어요. 기자는 다행히 없네요. 은하 씨는……."

공항 주차장의 입구에 서 있는 서은하를 본 민호는 휴대폰 너머의 홍 작가에게 말했다.

"많이 힘들어 하는 것 같아요."

-계속 얘기 들어 봤는데, 은하 씨 아버님 목숨에는 지장 없는 부상이라니까 민호 씨가 잘 위로해 줘. 여기 분위기는 걱정 말고.

통화를 끝마치고, 민호는 서은하의 옆에 섰다. 표정이 어두운 그녀에게 무슨 말로 위로를 건네야 할지 전혀 감이 오지 않는 상황이었다. 그저 옆에서 묵묵히 자리만 지키고 있기를 5분여. 기다리고 있던 차가 주차장에서 나왔다.

민호는 밴을 끌고나온 회사의 로드 매니저에게 감사를 전한 뒤에 뒷문을 열었다.

"은하 씨. 타요."

서은하가 말없이 올라탔다. 민호도 올라타 문을 닫으며 속으로 빌었다.

'부디 은하 씨 마음 다칠 일 없기를. 무사하셔야 해요, 반장님.'

강북의료원 3층.

서철중이 입원해 있다는 병실 앞에 도착한 서은하가 문고리에 손을 올렸다.

오는 내내 침묵으로만 일관하던 그녀의 손끝이 떨리고 있는 것을 지켜본 민호는 점자시계를 터치해 안쪽의 소리를 들어보았다.

―놀랐습니다, 반장님. 거길 뛸 생각을 하시다니.

―그 자식이 약을 올리고 튀잖아. 은하한테는 비밀이야.

―아까 형수님이 자세히 통화하시는 거 같던데요?

―뭐라고?

고른 숨소리가 느껴지는 것이 무사한 것은 확실해 보였다.

'십 년 감수했네.'

홍 작가가 들은 정보가 어느 정도 맞는 것 같았다.

"들어가요, 은하 씨. 반장님 상태 살펴봐야죠."

서은하가 고개를 돌려 민호에게 고맙다는 눈길을 보냈다. 그리고 문을 열었다. 왼쪽 다리에 깁스하고 누워 있던 서철중이 서은하의 등장에 눈을 크게 떴다.

"은하야, 네가 여긴 어찌……."

서은하는 일단 무사한 것을 보고 가슴을 쓸어내렸다. 그리고 서철중 앞까지 저벅저벅 걸어가 화가 가득 담긴 목소리로 말했다.

"아빠는 나이가 몇인데 2층에서 뛰어내려! 그러다 죽으면! 나랑 엄마만 남겨놓고 가면 어떻게 살라고! 위험한 수사 그만하겠다고 했잖아. 책상에 앉아서 잡을 수 있는 범인만 상대하겠다고 했잖아!"

"기다리던 놈이 튀는데 어떡하니."

"임 경장님은! 박 경사님은 뭐 했는데!"

폭발하듯 얘기하는 서은하의 음성에 뒤편에 쥐죽은 듯 서 있던 수사 2반의 형사들이 움찔했다. 뒤늦게 들어와 그들 틈에 선 민호는 덩달아 몸을 움츠리게 됐다.

"자꾸 걱정시킬래? 이젠 그만해도 되잖아. 아빠 아니면 범인 잡을 사람 없어?"

예전에 서철중의 수첩에서 보았던 어린 서은하는 아빠가 읽어주는 동화를 무척 좋아하는, 반장님을 잘 따르는 아이였다. 민호는 그녀의 원망 속에 깃든 걱정을 느끼며, 그때나 지금이나 마음만은 똑같지 않나 하는 생각이 들었다.

가족만이 공유할 수 있는 정.

형사가 가정을 꾸렸을 때 겪을 수 있는 아픔이 뭔지를 간접적으로나마 지켜보게 되자 민호도 괜스레 아버지가 보고 싶어졌다. 그러고 보니 같이 삼겹살을 같이 구워 먹은 지도 꽤 오래됐다.

"유난 떨 거 없다. 이 다리 그냥 접질린 거야."

"거짓말하지 마. 삐었으면 이렇게 단단한 석고 안 바르거든?"

눈물이 글썽글썽한 서은하가 고개를 휙 돌려 형사들을 바라보았다. 서철중의 핏줄이라는 것이 그대로 체감되는, 마주한 사람을 압도하는 투명한 시선.

전부 눈을 피하기 바쁜 와중에 조규철 경장이 뒤늦게 고개를 숙였다.

"조 경장님. 바른대로 말해요."

"뼈, 뼈가 나가셔서 두 달 동안 꼼짝 못 하신다고……."

서은하의 뒤에서 서철중이 무시무시한 시선으로 직시하자, 조규철은 이러지도 저러지도 못한 채 입을 꾹 다물었다.

"누가 은하 좀 데리고 나가서 진정 좀 시켜 주겠나?"

"진정하게 생겼어요!"

"진정해. 네 아빠 이제 겨우 안정하셨어."

음료수가 담긴 봉투를 들고 문 앞에 나타난 여인이 서은하에게 다가섰다. 민호도 어제 마주쳤었던 서은하의 어머니 임효주였다.

"엄마는 아빠 또 다친 거 보면서 진정이 돼?"

"어쩌겠니, 네 아빠 직업인데."

한동안 임효주를 쏘아보던 서은하가 병실 밖으로 나가 버렸다. 민호는 아직 반장님께 인사도 못 드렸는데 당장 따라나설 수도 없고, 난감한 표정이 됐다.

"다들 진정하고, 목부터 축여요."

임효주가 봉투를 열어 벌을 받듯이 서 있는 수사 2반 형사들에게 음료수를 하나씩 나눠주었다. 그러다 그 틈에 서 있는 민호를 보고 언제 왔냐는 시선을 던졌다.

"은하 씨 바래다주느라……."

"제주도에서 여기까지요?"

민호가 턱을 긁적이자 부드러운 미소를 지어 보인 임효주가 옆의 형사에게 음료수를 건네주었다.

"자, 잘 마시겠습니다, 형수님."

"잘 마셔야죠. 형사 반장씩이나 돼서 팀원들 대신 잠복하다 저 사고가 났으니."

쥐구멍이 어딘지 찾고 싶어 하는 박 경사의 얼굴. 서은하와는 달리, 이 상황이 매우 익숙해 보이는 임효주였다.

음료수 분배가 끝나고, 임효주가 서철중 옆에 섰다.

"그래서 잡았어?"

"잡았지."

"잘했네."

하고 차가운 음료수를 서철중의 목덜미에 척 올리는 임효주의 행동에 서철중이 움찔했다. 분명 몸이 오싹할 텐데도 입을 꾹 다무는 것이, 이 병실 안의 파워게임이 어찌 돌아가는지 민호는 충분히 알 수 있었다.

임효주 여사님은 저 호랑이 반장님과 수십 년을 살아오며 서은하도 저렇게 반듯하게 키워낸 강철 여인이었다.

"민호 군."

서철중이 형사들 틈에 멀뚱히 서 있는 민호를 불렀다.

"은하 좀 찾아서 진정시켜 주게나. 고작 다리뼈 금간 것뿐인데 얘가 민감하게 반응하네. 아니면 도로 제주도로 내려가든지."

"여보. 당신 같으면 아빠가 병원에 이렇게 누워 있는데 편한 마음으로 놀 수 있겠어?"

임효주가 이렇게 말하면서 민호에게 고개를 돌려 '부탁해요' 하는 눈빛을 보냈다. 서철중에 이어, 임효주의 특명이 내려온 순간이었다.

서철중은 수사 2반 형사들에게 손을 휘저었다.

"너희도 이제 가봐. 그리들 몰려 서 있으니 정신만 사납잖아. 범인은 잡았고, 수사 2반 전통에 따라 검거에 성공한 조경장이 막걸리나 한잔 쏴. 그거 먹고 해산해."

민호는 굳어졌던 분위기가 서서히 풀려가는 것이 느껴졌다. 반장님도 그렇고 형사들도 그렇고. 중간에 잠복수사 상황은 꼬였지만, 훈훈해 보이는 결말 같았다.

그렇게 민호가 심리적으로 방심한 순간, 오랜만에 점자시계로부터 몹쓸 그것이 튀어나왔다. 아마도, 우울한 서철중의 기운을 북돋워 주려는 점자시계 주인의 의지리라.

"막걸리요? 그거 마시고 운전하면 경찰에게 '막 걸립'니다. 대리 꼭 부르세요."

'헐.'

이놈의 주둥이가! 민호는 입을 꿰매고 싶은 심정이 됐다.

착실히 쌓아온 공든 탑이 와르르 무너져 내리는 기분이라니.

"으, 은하 씨가 어디 있으려나……."

고개를 푹 숙이고 병실 밖으로 나가는데, 서철중이 배가 터지도록 웃는 소리가 들려왔다.

"크흐흐흐흐. 나 민호 군이 연예인이라고 해서 개그맨인 줄 알았다니까."

의료원 입구의 벤치.

서은하는 그곳에 멍하니 앉아 있었다. 기분은 좀 풀렸는지 안색이 무거워 보이진 않았다. 가까이 다가선 민호는 손에 들고 있던 과일 음료를 그녀에게 내밀었다.

"반장님이 은하 씨 걱정 많이 하세요."

"하게 냅두라죠."

괜스레 툭 내뱉다가 민호에게 화를 내는 것이 미안했던지 서은하가 시선을 내리깔며 말했다.

"고마워요, 민호 씨. 그리고 미안해요."

"아까 제주도 돌담에서 충분히 보상받았으니까, 그렇게 미안해할 거 없어요."

"휴가도 저 때문에 망쳐 버렸어요."

행여 반장님께 무슨 일이 생기면 어쩌나, 올라오는 내내 자신에게 말 한마디도 못 꺼낼 만큼 두려워하던 서은하의 모습.

아침만 해도 여러모로 들떠 있었으나, 민호는 지금 상황이 그렇게 아쉽다고 느껴지진 않았다. 어쨌거나 서은하와 함께 했고, 지금은 한층 더 가까워진 기분이 들었으니까.

"왜 자꾸 그렇게 봐요? 저 울어서 보기 흉해요?"

서은하가 손으로 눈을 가렸다.

"저는 평생 속 안 썩이고 위험한 일 안 할 자신 있습니다."

"평생?"

무심코 나온 말에 서은하가 고개를 돌렸다. '청혼하는 거예요, 벌써?'라는 듯한 그녀의 눈길에 민호는 먼 산을 바라봐야 했다.

또 이어진 미묘한 적막.

꼬르륵.

누군가의 뱃속에서 울린 소리가 그것을 깼다. 서은하가 몇 시간 만에 처음으로 웃음을 흘렸다.

"점심도 거르고 있었네요, 우리."

"뭐라도 먹으러 갈까요?"

"기다려 봐요. 아빠한테 얘기하고 올게요."

아까 못한 걱정과 위로의 말을 제대로 전하려 한다는 생각이 들었다.

'나도 이참에 본가에 전화나 넣어야겠어.'

민호도 한쪽에 서서 휴대폰을 들었다.

✳

밤 10시.

저녁을 먹고 조금 대화를 나눴을 뿐인데 어느새 저녁이 훌쩍 지나 버렸다. 임효주 여사님께서 병실이 좁으니 혼자 반장님 간호를 하겠다고 말한 까닭에 민호는 지금 서은하를 집까지 바래다주는 길이었다.

"어, 민호 씨. 여기 기억나요?"

"그럼요. 이 집 떡볶이 진짜 맛있었어요."

민호는 언젠가 서은하가 자신을 데려왔었던 미화네 떡볶이집을 지나, 그녀의 집으로 향하는 골목길에 접어들었다.

그때는 같은 회사에 다니는 오빠 입장이었고, 지금은 이렇게 손을 붙잡고 집을 편하게 바래다주는 사이가 됐다.

공원을 지나며, 서은하가 말했다.

"이제는 저희 아빠랑 엄마하고 말도 잘하네요, 민호 씬."

"어쩌다 보니까요."

"민호 씨의 집안 얘기는 별로 못 들어 본 거 같아요."

"그다지 할 얘기가 없어요."

"아버님만 계시다고 했죠?"

"네."

"어머니는······."

"돌아가셨어요."

조심스럽게 묻는 서은하에게 민호는 빙긋 웃어 보였다. 사실, 아주 어릴 적 일이라 기억에 없기에 민감하게 얘기할 것도 없었다.

"저희 아버지가 은하 씨 한번 보고 싶다고 얘기하긴 했어요."

"진짜요?"

서은하는 이 말에 민호가 예상한 것보다 당황해서 눈을 동그랗게 떴다.

"어우, 떨려. 인사드리는 거 처음이거든요."

"아주아주 쿨하시니까 그리 긴장할 필요 없어요. 언제 보겠다고 날짜 같은 거 정해서 부담 가질 필요도 없고요."

서은하는 민호의 손을 붙잡은 채로 앞으로 걸어가 뒷걸음질을 치기 시작했다. 민호의 얼굴을 요리조리 들여다보는 눈길.

"민호 씨를 보면 아버님도 멋질 것 같아요."

"그건 모르는 일이죠."

"일단 민호 씨는 멋져요. 인정, 인정."

"감사합니다."

얼마 대화를 나누지도 않았는데, 익숙한 담벼락이 민호의 눈에 들어왔다.

"다 왔어요, 은하 씨."

"그러게요."

"내일, 은하 씨 병원 갈 때 붕붕이 타고 달려올게요. 그런 의미에서!"

마지막으로 굿나잇 키스나 받아내고 가려는 민호에게 서은하가 떨리는 목소리로 물었다.

"오늘 집에 아빠랑 엄마, 두 분 다 안 계세요. 다 큰 어른이 이런 말하기 부끄럽지만, 혼자 자는 건 처음이라……."

서은하가 딴청을 피우듯 하늘을 보더니 물었다.

"저랑 같이 있어 주면 안 돼요?"

"……."

민호는 이 말을 듣고 난 직후 점차 숨이 가빠오는 걸 느꼈다. 그녀의 눈 속에서 심장을 자극하는 그 어떤 것을 감지한 탓이었다.

열망, 혹은 기대감이라 부를 법한 것.

많은 일을 겪고, 여러 생각을 한 오늘, 이대로 서은하와 떨어지고 싶진 않았다.

"그게 놈팽이라도 괜찮아요?"

나직이 묻는 음성에 서은하가 고개를 아주아주 살짝. 아래위로 끄덕였다.

윤환은 서재에 앉아 러시아어로 이메일을 작성 중이었다.

『이반 교수님의 몽골지역 발굴 작업은 예정대로 진행 중인지 궁금합니다. 제가 당장 움직일 수는 없으나, 찾고 있던 물건이 나온다면 연구비 전액 지원은 물론이고 새 프로젝트가 끝날 때까지 인적자원 공급을 아끼지 않을 의향이⋯⋯.』

타다다닥.

타자를 빠르게 치고 있던 윤환은 탁자 끝에 있던 액자 속에 어려 있는 빛이 묘하게 붉어지는 것을 보고 신음을 삼켰다.

"이 녀석, 팔자 좋구나."

탁.

윤환은 손을 뻗어 웃고 있는 액자 속 꼬마 민호의 얼굴을 덮어 버렸다.

―――――

Object : 제주도 운전기사의 사랑 넘치는 택시.

Effect : 관광 안내 책자에는 나오지 않는 제주 곳곳의 아름다운 명소를 알게 된다.

81.
그레이트 서바이버 (1)

커튼 사이로 햇살이 스며들었다.

'아침?'

민호는 눈을 뜨자마자 왼편에서 느껴지는 따뜻한 온기에 고개를 돌려보았다. 가만히 자신의 어깨에 기대어 새근새근 잠들어 있는 서은하는 세상에 존재하는 모든 달콤함을 전부 가진 듯, 닿아 있는 살결 전부가 녹아내릴 것 같은 부드러움을 선사해 주고 있었다.

조금이라도 움직이면 행여 이 황홀한 감촉이 흩어질까, 민호는 멍하니 천장을 바라보며 고른 그녀의 숨소리를 듣기만 했다.

여긴 서은하의 방이다.

어젯밤, 잔뜩 긴장해서 이 안에 들어왔을 때는 책상은 어디 있는지, 창문은, 거울은 어디 있는지 전혀 눈에 들어오지 않았었다.

'그녀의 공간이구나, 여긴.'

고등학교부터 유치원까지의 졸업사진이 걸려 있는 벽면, 아기자기한 쿠션과 곰 인형이 놓여 있는 아담한 장식장, 벽 한쪽에 가득한 책들, 책들.

민호는 서은하라는 한 여인이 지내온 삶이 고스란히 담겨 있는 방 안에 이렇게 함께 누워 있게 됐다는 것이 믿어지지가 않았다.

이렇게나 아름답고 고운 여인이 자신의 가슴에 팔을 두른 채, 자신만을 꼭 끌어안고 잠들어 있다는 것. 마치 애장품을 만지면 보게 되는 누군가의 추억 속에 있는 것만 같은 기분이었다. 그러나 결코 꿈은 아니다. 이 황홀한 감촉이 절대 환상이 아니라는 것을 생생히 증언하고 있으니까.

창문을 타고 들어온 빛으로 방을 두루 살피던 민호는 바닥에 흩어져 있는 옷가지에 시선이 머물렀다. 저건 자신과 그녀 모두 알몸이라는 증거였다.

문득, 그녀가 눈을 뜨면 이 상황이 잔뜩 부끄러워지지 않을까 하는 걱정이 일었다. 아침 인사로 무슨 말을 꺼내야 할까? 갑자기 어색해지면 어쩌지? 서툴기만 했던 그 밤의 일을 계기로 관계가 멀어지기라도 하면?

"으음."

기분 좋은 신음과 함께 꿈틀거리던 서은하가 한쪽 눈을 겨우 떴다. 천장을 보며 온갖 걱정에 사로잡혀 있던 민호는 아까보다 뻣뻣해진 고개를 돌려 그녀를 보았다.

햇살 때문에 눈을 제대로 뜨지 못하던 서은하의 눈이 천천히 열리고 민호의 얼굴을 마주했다.

"응? 민호 씨, 자요?"

"……."

맑은 미소를 지은 채 민호를 지긋이 살피던 서은하가 고개를 갸웃하며 중얼거렸다.

"어라? 방금 눈 뜨고 있었던 거 같았는데…… 이상하다, 이상해."

눈을 확 감아버린 민호를 보고 계속해서 웃고 있던 서은하는 그를 꼭 끌어안고 있던 팔을 스르륵 풀었다. 상체를 일으켜 한쪽의 담요를 들어 몸을 둘둘 감고, 빼꼼 얼굴만 내민 그녀가 말했다.

"저도 쪼~끔 부끄럽긴 하네요. 근데 민호 씨, 진짜 자요?"

이쯤 되면 반응하지 않을 수가 없었다.

"……잡니다. 자야 할 거 같아요. 요즘 스케줄이 너무 바빠서 통 쉰 적이 없거든요."

민호가 이불을 푹 뒤집어썼다. 서은하는 아쉽다는 듯 말했다.

"굿모닝 키스부터 하고 아침 준비하려고 했는데. 안 되겠네요."

"제가 방금, 그래서 푹~ 잤다고 말했었나요?"

"어머, 그래요?"

민호가 어린애처럼 눈을 반짝이며 상체를 일으키자 서은하가 까르르, 밝은 웃음을 터뜨렸다. 2층의 유리창을 통해 들어온 환한 빛이 새하얀 그녀의 얼굴을 비쳤다. 민호는 자연스레 고개를 가까이 가져갔다.

입을 맞추고, 또 한 번, 또다시 한 번 맞췄다.

"민호 씨."

감았던 눈을 뜬 서은하가 서서히 멀어지는 민호의 눈을 보며 물었다.

"굿모닝 키스치고는 좀 긴 거 아녜요?"

"우와, 길다니요? 다행인 거죠. 이렇게 예쁜 여자가 지금 달랑 이불만 걸치고 앉아 있는데, 이걸로 끝난 거니까."

서은하는 당신의 오해가 너무너무 억울하다는 표정을 짓고 있는 민호를 보며 못 말리겠다는 듯 픽 웃었다. 그리고 담요 사이에서 손을 하나 빼내 침대 아래를 가리켰다.

"말이 나와서 그런데, 그거 좀 집어 줄래요?"

"그거? 뭘요?"

"속옷."

"아⋯⋯."

대놓고 얘기하자 오히려 얼굴이 붉어지는 건 민호였다.

치이익.

프라이팬 위에 놓인 달걀 두 개가 예쁘게 익어가고 있는 부엌 안. 민호는 아담한 식탁에 앉아 아침을 준비 중인 서은하의 뒷모습을 바라보며 또 다른 행복감에 젖어 있었다.

잼과 토스트, 계란 프라이뿐인 조촐한 아침상이지만, 그것을 연인과 함께 먹는다는 기분은 무척 새로웠다. 게임단 숙소 생활 동안 선후배들과 숱하게 겪어온 아침과는 비할 바가 아니었다.

'좋아하는 사람이랑 매일 같이 산다는 건 이런 기분일까?'

아직은 먼 어딘가에 있을 법한 미래를 상상해 보며, 민호가 흐뭇한 미소를 머금고 있을 때였다.

어디선가 '덜컹, 끼이이' 하는 소음이 어렴풋이 들려왔다. 그다지 의식하고 있지 않던 민호와는 달리 계란을 뒤집고 있던 서은하는 그대로 동작이 굳어졌다.

"왜요, 은하 씨?"

"이거 대문 열리는 소린데⋯⋯."

민호는 순간 안색이 변했다. 여긴 서은하의 집이기 이전에 그녀의 가족이 있는 장소. 이 시간에 키를 갖고 문을 따고 들어올 사람이라면 당연히 그녀의 가족뿐. 아마도 그녀의 어머니일 것이라 예상됐다.

"저 여기 있는 거 들키면 큰일 나겠죠?"

조심스러운 민호의 물음에 당황한 얼굴이 되어 있던 서은하가 아래위로 고개를 끄덕였다.

"반장님이 아시면 어느 정도 화내실까요?"

민호는 서은하의 눈길에 담긴 걱정에서 최소 반죽음, 범인을 잡으려고 2층에서 뛰어내릴 때보다 무섭게 자신을 쫓아오리라는 것을 직감했다.

"여기 현관 말고 밖으로 나갈 곳 있어요?"

"요, 욕실 옆에 창고. 그쪽 창문이 커요."

민호는 점자시계를 터치해 대문에서 현관으로 걸어오는 발걸음 소리를 확인했다. 뚜벅뚜벅, 대문과 현관의 중간쯤 도착한 듯한 거리감.

'일단 피신해야 해.'

탁자 옆에 놓아두었던 백팩을 어깨에 걸고, 앞치마를 두르고 있는 서은하에게 다가가 걱정 말라는 뜻으로 가볍게 포옹해 주었다.

"민호 씨……."

"나중에 봐요, 은하 씨."

현관으로 달려가 신발을 챙긴 뒤, 번개처럼 거실을 가로질러 창고 앞에 선 민호. 자신을 쳐다보고 있는 서은하에게 한 손을 들어 '전화할게요'라는 동작을 선보인 뒤에 창고로 들어섰다.

덜컹.

현관이 열리는 소리에 맞춰 창문을 열고 밖으로 뛰어나갔다. 무사히 밖으로 나오자마자 서은하와 임효주 여사님의 대화 소리가 들려왔다.

ㅡ엄마.

ㅡ어? 딸. 안 자고 있었네?

ㅡ아빠는?

ㅡ잘 있어. 네 아빠가 병원 식사가 맛이 없다고 해서 밑반찬 좀 챙기러 왔지. 다 큰 양반이 입이 너무 짧아.

민호는 소리 없이, 살금살금 정원의 담벼락까지 이동했다.

ㅡ어마, 고소한 냄새. 아침하고 있었어? 웬일이래.

ㅡ간단하게 먹고 병원 가려고 했지. 반찬 심부름이면 나한테 시키지 왜.

ㅡ언제는 쉬는 날 아침에 절대 깨우지 말라며? 근데 왜 계란이 두 개야? 토스트도 많이 했네.

ㅡ배, 배가 고파서.

'크, 은하 씨. 파이팅이에요.'

변명하기 위해 고군분투 중인 서은하를 응원하며, 민호는 담장에 붙어 골목 아래 지나다니는 이가 없나 살폈다.

—뚱뚱해지면 민호 군 보기 부끄럽지 않겠어?

—괜찮아, 민호 씨는.

—자신감 넘치네?

—누구 딸인데, 그럼.

—아휴, 내 딸. 곰처럼 잠만 많아서 민호 군이 너 아침에 꿍얼대는 거 보면 흉볼걸?

—흉 안 봤거든!

—안 봤다고? 촬영할 때 너 잠자는 걸 보긴 본 거야?

—안 볼 거라고! 그리고, 엄마 딸이 이런 얼굴로 옆에서 눈을 감고 있다고 생각해 봐. 잠자는 숲 속의 미녀인 거지.

—아, 눼에~ 잘 알겠습니다, 미녀 딸을 둬서 무척 기분이 좋네요.

—엄마아!

민호는 담벼락을 훌쩍 뛰어올라 길 위에 섰다. 본의 아니게 모녀의 대화에 집중하고 보니, 서은하가 가끔 보이는 발랄한 면은 어쩌면 그녀의 어머니를 닮았기 때문인지도 모르겠다는 생각이 들었다.

—민호 군이 너랑 있으면 막 피곤해하고 그러지 않아?

―자꾸 우리 민호 씨 얘기 꺼내서 놀리지 말고, 계란프라이나 거드셔. 아빠 반찬은 내가 챙길게.

✹

일요일 오후.

민호는 '맨 앤 정글' 제작진과의 출국 전 회의에 참여하기 위해 붕붕이를 몰아 NBS 방송국으로 향하는 길이었다. 빌딩이 늘어선 종로 사거리에서 신호 정차를 위해 속도를 줄이던 민호는 정면을 쳐다보다 신음을 삼켜야 했다.

15층 빌딩 한쪽 면을 온통 도배하고 있는 초대형 광고판. '넌 어때? V5'라는 광고 글귀와 함께 하늘에서 휴대폰을 향해 손을 쭉 뻗고 있는 자신의 모습은 보면 볼수록 오글거림의 극치가 아닐 수 없었다.

"누구냐 넌? 그런 표정 짓지 말라고."

반대편 빌딩 간판에도 톰이 헬기에 매달려 '마음껏, 그 이상으로'를 외치는 중이었다. 이쪽도 오글거리긴 마찬가지.

돈 때문이라지만, 톰 형도 한국 광고로 고생하는 것처럼 느껴져 동병상련이 일 지경이었다.

빌딩의 광고판이 신호등 옆에 자리해 계속 눈에 띄었으나 민호는 차마 광고 속 그들과 눈을 마주칠 수가 없었다.

'이거 어쩌면⋯⋯.'

며칠 사이 3백만이라는 조회수를 기록 중인 동영상의 여파로, 한계를 극복하고 싶어 하는 꿈나무 청소년들이 익스트림 스포츠 훈련장을 찾고 있다는 기사를 보긴 봤다. 그러나 그건 기사일 뿐, 실제 거리를 점령 중인 자신의 광고판과 마주하는 건 또 다른 기분이 들게 했다.

"설마 나, 유행이란 걸 선도하고 있는 걸까? 이 강민호가 하는 걸 사람들이 따라 한다고?"

─곧 신호가 바뀝니다. 후방 차량이 RPM을 올리고 있으니 출발 흐름에 주의하십시오.

라디오의 불빛이 깜박였다.

"넌 어때, BB? 나와 같이 한계를 돌파해 보지 않을래?"

─경고. 드라이버가 허언 증상을 보여 심장 박동이 증가한 상태입니다. 엑셀 조작에 주의해 주십시오.

붕붕이의 냉정한 음성이 민호의 농담을 칼같이 잘랐다.

"⋯⋯알았다."

민호는 라디오를 한차례 쏘아보다 한숨을 푹 내쉰 후, 초록빛으로 바뀐 신호에 맞춰 차를 출발시켰다.

"네, 하 PD님. 지금 도착했어요. 한 5분 정도면 올라갈 것 같아요."

─천천히 와요. 저녁도 같이 먹을 겸, 음식도 시켰으니까.

NBS 방송국 지하주차장에 차를 대고, 담당 PD 하의중과의 통화를 끝냈다. 엘리베이터가 있는 복도로 걸어가던 민호는 안쪽에서 익숙한 아이돌이 나오는 것을 보고 걸음을 멈췄다.

아담한 키에 바비인형처럼 생긴 여고생 아이돌.

"하연아."

"민호 오빠?"

예능을 몇 번이나 함께 찍었던 구하연이 그녀의 멤버들과 다가왔다.

"음방 하고 가는 길이야?"

"네. 저희 신곡 나왔거든요~ 언니들, 인사해요. 여기는 민호……."

"강민호다─!"

"우아, 민호 오빠! 안녕하세요! 꼭 뵙고 싶었어요."

교복과 비슷한 무대 복장을 하고 자신의 주위에 동그랗게 모여선 네 명의 소녀들은 민호가 채 인사할 틈도 없이 그를 정신없게 만들었다.

"저 '불후의 음반' 봤어요. 박중호 선배님 노래에 나레이션 하는 부분, 얼마나 슬프던지."

"저도요. 그거 민호 오빠가 편곡한 거 맞죠? 진짜 좋았어요, 그 노래."

"저는요……."

"저는……."

걸그룹 3대장 중에서도 어린친구들만 모여 있는 그룹답게 힘든 생방송을 끝낸 와중에도 생기와 활기가 넘쳐 보였다.

"비켜어!"

구하연이 팔을 휘저어 민호에게 접근한 멤버 언니들을 쫓아냈다.

"나도 오랜만에 보는데 언니들이 더 난리야. 얼른 차에 타. 민호 오빠랑 할 얘기 있으니까."

"하연이 너 이러기야? 민호 오빠 번호도 안 가르쳐 주면서."

"그럼, 언니들이 나 대신 청춘일지 갈 거야?"

이 한마디에 분위기가 싹 가라앉았다. 구하연의 멤버들도 청춘일지가 3D를 표방하는 예능 중에서도 가장 힘들다는 것은 공감하는 모양이었다.

멤버들이 밴을 향해 걸어가는 것을 지켜보던 구하연이 등을 돌려 민호에게 말했다.

"민호 오빠. 우리 한 번만 도와주시면 안 돼요?"

"뭘, 도와줘?"

"이제 겨울이라 농사 안 짓잖아요. 봄 대비해서 여기 체험한다, 저기 체험한다. 나 PD님이 걸세븐 못 괴롭혀서 안달이에요. 저희 언제 미션 성공했는지 기억도 안 난다고요."

"소라는 괜찮아 보이던데."

"그 언니 요새 반쯤 넋이 나가서 촬영하는 거 모르죠? 도진 촌장님 영화 찍는다고 겨울에 안 나오셔서, 소라 언니 혼자 엄청 고생해요."

'도진이 형, 기어코 도망가셨구나.'

울상인 구하연을 보고 있자니, 청춘일지에 쳐들어가 나 PD의 악랄한 미션을 클리어해 주고픈 마음이 일었다. 그러나 민호는 알고 있었다.

'한 번 그 지옥에 발을 내디디면 어떤 핑계를 대고 고정 출연시킬지 몰라.'

지금 같이하는 '달인의 조건'만으로도 매번 음험한 계략을 경계해야 하는 판에, 청춘일지까지 출연이라니. 안 될 말이다.

"스케줄이 많아서. 기회 되면 뭐, 언제든……."

"약속했어요."

구하연이 새끼손가락을 들어 보였다. 민호는 약속하면서도 미안함을 느꼈다. 며칠 후면 한국에 없는 데다가 돌아와서는 영화, 드라마 촬영 중에 고정 예능을 소화하려면 결코 청춘일지에 나갈 시간이 없으리라 확신했다.

"힘내, 하연아."

"네, 오빠."

축 늘어진 어깨로 밴으로 걸어가는 구하연을 보고 있자니, 시청률이 아무리 높아도 열아홉 소녀에게는 너무 가혹한 예능이 아닌가 하는 측은한 마음이 들었다.

청춘일지는 자신이 처음 출연했던 버라이어티였다. 힘들긴 했어도 그만큼 애착이 가는.

'농번기 끝나고, 여유 있을 때 한번 가볼까?'

아마도 봄은 지나서 여름 언젠가. 그렇게 생각하며 민호는 엘리베이터로 들어갔다.

밴 옆으로 걸어간 구하연은 으슥한 곳에서 대기 중인 마스크 사내를 발견하고 고개를 끄덕여 보였다.

"오빠가 허락했어요, 나 PD님."

"좋았어요, 하연 씨. 녹음은?"

"여기요. 근데, 저희 외국 가는 걸 오빠 스케줄로 따라올 수 있을까요? 요즘 무지 바쁘잖아요."

"걱정 붙들어 매요. 하 PD랑 다 조율해 놨으니까. 저쪽 프로그램 끝나면, 어디서 만나서 시작하는지까지."

"오빠 속인 게 마음에 걸려요."

"신년특집에 1월 1일 황금시간대 방송 확정이면, 대한민국의 어떤 톱스타도 캐스팅 가능해요. 민호 씨의 위상이 그 정도니만큼 대우 확실히 해줄 거니까, 하연 씨만 입단속 잘 해줘요. 그때까지는 모두에게 비밀. 아시죠?

"네. 근데 오빠가 간다는 저 프로는 어떤 거예요?"

"하 PD에게 콘셉트 잠깐 들어봤는데, 우리 청춘일지는 그냥 소풍. 저쪽은……."

나영광 PD는 혀를 한번 차고 대답했다.

"순도 100% 진짜 야생 체험이에요."

'〈맨 앤 정글〉팀 사용 중'이라는 A4용지가 붙은 회의실 앞에 선 민호는 복도 끝에서 커피를 마시고 있는 출연진을 발견하고 반가움에 손을 들어 보였다.

"광석 형님!"

"어, 민호야. 커피 한잔?"

"좋죠!"

자판기에서 커피 한 잔을 더 뽑은 심광석이 민호에게 잔을 내밀었다.

"지난번에 칼 빌려주신 것 덕분에 정말 유용하게 요리 신 찍었어요."

"언제든 말해. 민호 아우라면, 내 레스토랑 수석셰프로 들이고 싶을 정도니까."

"에이, 그 정도는 아니죠, 형님."

"그 정도 맞네, 아우."

홍콩에서 서바이벌 훈련을 함께하며 친해진 이 실력 좋은 쉐프는 넉넉한 인상만큼이나 민호를 마음에 들어 했다. 그리고 그건 민호 역시도 마찬가지.

"참, 우리 어디 가는지 들었어?"

"저는 아직 못 들었어요. 하 PD님이 비밀로 해야 재밌을 거라고 하셔서."

"무척 힘든 장소일 거 같아. 그 섬에서 한 훈련, 그거 전문가들이 받는 거잖아. 난 또 민호 아우만 믿어."

"열심히 보필하겠습니다. 근데 형님, 요리도구 가져가시죠?"

"그래야지. 내가 뭐 다른 기술이 있나. 혹시 민호 아우가 뭐 잡아오면, 최대한 맛있게 요리해 줄게."

"감사합니다, 형님!"

민호는 '형님, 아우' 정답게 대화를 나누며 회의실 문을 열었다. 노트북 앞에서 무언가를 체크 중인 하 PD와 제작진들에게 먼저 인사한 뒤, 이미 들어와 있던 다른 출연자들 곁으로 다가섰다.

"승기 씨."

"왔어요, 강민호 씨."

정승기는 민호를 보는 둥 마는 둥 하더니 옆자리의 모델 한소유에게 시선을 휙 돌려 계속 이야기를 나눴다.

배우 황지석이 옆자리를 가리키며 앉으라고 손짓하며 말했다.

"민호 씨, 이번 광고 진짜 죽여주던데?"

"아, 그거요."

오글거리는 광고판이 떠올라 민호는 자랑보다는 침묵을 택했다.

"이러다 민호 씨 헐리웃 가고 그러는 거 아닌지 몰라. 지난번엔 레아 테일러까지 데리고 왔었잖아."

"영어 연기는 한 번도 안 해봐서요."

"액션만 찍어도 나 같으면 볼 거 같아. 암튼, 우리 마눌님이 사인 좀 받아 달라니까 회의 끝나고 좀. 괜찮지?"

"그럼요."

민호는 자신과 함께 정글 탐험을 하게 될 출연자 네 사람을 다시금 살피며 대충의 상황을 예측해 보았다.

서바이벌 훈련 때는 교관의 훌륭한 애장품 득을 크게 봤지만, 이제는 없다. 그때보다 나아진 게 있다면 체력 정도. 그러나 이것만으로 광활한 대자연에 도전하기엔 뭔가 부족하다.

파병 경험까지 있는 정승기는 가장 우수한 생존스킬을 지

니고 있고, 수영 선수 출신인 저 한소유도 '여자 치고는'이라
는 말을 붙일 필요가 없을 정도로 적응을 잘했었다. 특히 물
을 지나는 구간에서는 독보적인 1등.

키는 작달막하지만, 스포츠 매니아인 황지석도 나름의
전문 영역을 구축하고 있고, 심광석은 생존에 필수인 식량
운용에 관해서는 이 안의 누구보다 신뢰할 수 있는 사람이
었다.

'나는?'

딱히 특색이 없었다. 정글 생존이 아니라 전쟁통에 적지에
서 생존하는 것이라면 요원의 능력이 쓸모 있겠으나, 이 프
로그램은 순수하게 자연에서 생존하는 것이라 들었으니까.

'이번에야말로 방송 분량은 접어두고, 대자연 속에서 나를
던지고 단련의 기회로 삼는 거야. 그래서 돌아왔을 때, 대장
군의 검을 딱! 후후.'

민호는 그렇게 나름의 각오를 다졌다.

5분 뒤.

"다들 오신 것 같군요. 일단은 저희가 가게 될 장소 브리
핑부터 시작하겠습니다."

'맨 앤 정글'팀의 책임자이자 연출자, 하의중이 빔 프로젝
트와 연결된 노트북을 조작해 벽에 세계지도를 펼쳤다. 한
번 클릭하자 지도 위에 십여 곳의 마커가 표시됐다.

"이건 최초 프로그램을 기획하고 저희가 목표했던, 특색 있는 자연명소들입니다."

자세히 사진들이 확대되면서 입이 벌어지는 경관이 모습을 드러냈다.

아프리카 최남단, 케이프타운 위에 우뚝 솟은 테이블 마운틴을 시작으로 킬리만자로, 사하라 사막을 지나 그리스의 사마리아 협곡에 알프스 산맥의 웅장한 사진.

여기에 중앙아시아, 오세아니아, 남미와 북미에 이어 남극의 자연환경 사진까지 순식간에 지나갔다.

"어째 전부다 사람이 살 동네 같지가 않아."

심광석의 중얼거림에 황지석도 동감한다는 듯 고개를 끄덕였다.

그사이 하의중이 말을 이었다.

"'맨 앤 정글'의 기획 의도는 간단합니다. 콜럼부스, 쿡 선장, 마젤란, 에릭손이 그랬듯. 탐험하고 도전하고, 스스로의 한계를 극복해 나아가는 모습. 여러분이 여러분만의 북극을 찾아내는 과정을 담고 싶은 겁니다."

뭔가 거창한, 그러나 약을 파는 것만 같은 PD의 말 뒤에는 꼭 불안한 얘기가 나오기 마련. 이건 민호가 지금껏 숱한 예능을 체험하면서 몸으로 느끼고 있는 진리였다.

"다행스럽게도, 저 많은 후보군 중에서 여러분의 첫 원정에 걸맞은 지역을 찾아냈습니다. 혹시 '트레일'이라는 말 아십니까?"

"걷는 여행 아닌가요?"

정승기의 대답에 하의중이 고개를 끄덕였다.

"맞습니다. 기존에 누군가 지나가며 만들어낸 자연 속 경로를 같이 거닐어 보는 여행이죠."

하의중이 다음 화면을 띄웠다. 끝없이 펼쳐져 있는 어딘가의 산맥 줄기. 그 광활함은 단지 화면일 뿐임에도 보고 있는 이들을 압도되게 만들었다.

"집과 멀리 떨어진 곳에서 맞이한 고요한 저녁, 숲 속에서 보내는 하루, 친구들과 동료들과 산에서 보내는 일. 이런 소소한 느낌도 아주 특별한 여행의 시작이 될 수 있습니다. 바로 이곳에서요."

민호는 저 산등성이가 결코 지리산은 아닐 것이라 확신했다. 하늘을 찌를 것 같은 낯선 나무와 생경한 돌무더기.

하의중의 열정적인 설명이 계속 이어져 저곳이 어디인지 질문을 할 시간이 없었다.

"정해진 길이 아니라 새로운 길을 가보고. 그것이 혹독한 길인지 혹은 지름길인지 몸으로 경험해 보는 시간. 생각을 좀 달리하면, 어디에 가든 놀랍고 흥미진진한 일들을 맞이하게 될 테지요."

'그건 개고생의 다른 말 아닌가?'

화면이 바뀌어 산으로 진입하는 넓은 공터를 비췄다.

민호는 고개를 갸웃할 수밖에 없었다. 공터 한가운데 박힌 푯말에 영문으로 쓰여 있는 단어가 조금 이상했다.

'미…… 동부…… 산맥…… 경로…… 개척…… 대회?'

하의중이 말했다.

"여기 보이시죠? 총 3,500km 길이. 미국 동부의 등줄기에 해당하는 애팔래치아 산맥의 한 입구입니다. 12월 12일, 이 산맥 중 한 곳에서 새로운 경로를 개척해 종주하는 대회가 열립니다. 200km의 구간을 보름 안에 움직여 가장 아름다운 코스, 최단 종주 시간, 그 밖의 요소를 스스로 만들어내 겨루는 거죠. 본래는 후보군에 없었으나, 얼마 전 여러분의 생존 훈련을 함께했던 울프 교관님께서 적극 추천해 주신 장소이기도 합니다."

정승기가 의아한 얼굴로 물었다.

"대회라면, 저희 말고도 참여하는 사람들이 있다는 얘기입니까?"

"네, 내셔널지오그래픽의 주관으로 미국의 전문 서바이버 팀과 세계 각지의 트레일 전문가들이 참여합니다."

"가서 우승이라도 하는 게 목표입니까?"

"그럴 리가요. 저희는 단지 참여에 의의를 두고, 완주에만 신경 쓰면 됩니다. 앞서 말씀드린 각자의 북극을 찾아보는 거죠"

웅성거리는 출연자들 틈에서 정승기가 말했다.

"200㎞, 산악인 걸 고려해도 보름이면 아주 힘든 거리는 아니에요. 보통 군 장교들은 천리행군이라고 군장을 지고 400㎞를 6일 만에 주파하는 훈련을 하거든요."

이 말에 한소유와 황지석은 조금 안심한 표정이 됐다. 그러나 하의중이 다음으로 보여준 사진은 출연자 전부를 얼어붙게 했다.

"저희가 출발할 장소는 '그레이트 스모키 마운틴'입니다. 여기서부터 200㎞의 숲은 풍부한 야생동물과 이곳이 원산지인 나무만 백 종이 넘는 그야말로 원시의 숲. 화면에 나오는 건 이곳에 사는 동물 중 하나지요."

민호는 숲 한가운데 찍혀 있는 동물을 보았다. 엉거주춤 고개를 내밀고 있는 거대 곰. 지리산의 반달곰이 아니라, 거무튀튀한 빛깔로 무장한 그것이 저 구간 안에 있었다.

심광석이 머리를 긁적이며 물었다.

"저기, PD님. 저거 맹수 아닌가요?"

"아메리카흑곰. 서부에 서식하는 포식자 회색곰보다 몸집이 작고 수줍을 많이 타, 어지간해서는 사람을 공격하지 않는 동물이라고 합니다."

"어지간이요?"

"기록상으로는 이 동네에 100여 년 동안 단지 30여 명만 흑곰에게 목숨을 잃었다고 합니다."

"저희 마전동에서는 100년 동안 단 한 명도 곰 때문에 안 죽었습니다만."

민호는 정승기까지 살짝 얼어붙어 아무 말 못 하기에 혹시나 해서 손을 들었다.

"네, 민호 씨."

"아까 완주라고 하셨잖아요. 그럼, 중도 포기하는 인원도 있는 건가요?"

"작년 기록으로는 도전한 팀 중에서 4분의 1만 성공했습니다. 그러나 걱정 마십시오. 최고의 전문가들이 항시 연락을 주고받아 부상자는 한 명도 없었고, 사망자는 더더욱 없었으니."

홍콩 훈련 때는 그렇게 친절하고, 출연자들을 배려해 주고, 나는 아무것도 모른다는 얼굴을 하고 있던 하의중의 지금 모습은 말 그대로 천사의 얼굴을 한 악마를 연상케 했다.

일반인도 아니고. 전문가 집단 75%가 중도 포기할 만큼 위험이 도사리고 있는 여행. 민호는 대자연을 극복하고 단련하는 기회로는 안성맞춤이라는 생각이 들었다. 저, 별 위협적이지 않다는 흑곰만 조심한다면 말이다.

'도망칠까?'

하의중이 충격에 휩싸인 모두에게 말했다.

"이제 브리핑은 끝났고. 성공적인 모험을 기원하는 의미에서 특별히 횡성에서 공수해 온 꼬리곰탕으로 식사를……."

to be continued